세마리 토끼 잡는 독서 논술

D4
초5~초6

저자: 지에밥 창작연구소_

'지에밥'은 '찐 밥'이라는 뜻을 가진 순우리말로, 감주·막걸리·인절미 등 각종 음식의 재료를 뜻합니다.
'지에밥 창작연구소'는 차지고 윤기 나는 밥을 짓는 어머니의 정성처럼 좋은 내용으로 세상 모든 사람들에게
넉넉하게 쓰일 수 있는 지혜를 선물하고 싶습니다.

이 책을 쓴 지에밥 연구원들_

강영주(지에밥 창작연구소 소장, 빨간펜 논술, 기탄 국어 등 기획 개발), 김경선(동화작가 및 기획 편집자),
김혜란(동화작가, 아동문학가협회 회원), 왕입분(동화작가 및 기획 편집자), 우현옥(동화작가), 이현정(동화작가),
이혜수(기획 편집자), 이현정(동화작가 및 기획 편집자), 정성란(동화작가), 조은정(동화작가 및 기획 편집자),
최성옥(기획 편집자), 한현주(동화작가), 한화주(동화작가), 홍기운(동화작가 및 기획 편집자)

이 책을 감수한 선생님들_

권영민(서울대학교 국어국문학과 교수), 홍준의(서원대학교 과학교육과 교수),
김병구(숙명여자대학교 의사소통센터 교수), 문영진(전북대학교 국어교육과 교수), 조현일(원광대학교 국어교육과 교수),
김건우(대전대학교 국어국문학과 교수), 유호종(서울대학교 철학박사), 구자송(상암고등학교 국어 교사),
김영근(서울과학고등학교 국어 교사), 최영환(여의도고등학교 국어 교사), 구자관(한성과학고등학교 국어 교사),
윤성원(한성과학고등학교 국어 교사), 장원영(세화고등학교 역사 교사), 박영희(대왕중학교 과학 교사),
심선희(서울고등학교 과학 교사), 한문정(숙명여자고등학교 과학 교사)

세 마리 토끼 잡는 독서논술 D4권

펴낸날 2020년 5월 10일 개정판 제4쇄
지은이 지에밥 창작연구소 | **연구원** 김지연, 조은정, 이자원, 차혜원 | **펴낸이** 주민홍 | **펴낸곳** ㈜NE능률 | **디자인** framewalk | **삽화** 김석류(표지, 캐릭터)
영업 한기영, 주성탁, 박인규, 장순용 | **마케팅** 박혜선, 고유진, 김상민 | **주소** 서울특별시 마포구 월드컵북로 396(상암동) 누리꿈스퀘어 비즈니스타워
10층(우편번호 03925) | **전화** (02)2014-7114 | **팩스** (02)3142-0356 | **홈페이지** www.nebooks.co.kr | **출판등록** 제1-68호
ISBN 979-11-253-3095-0 | 979-11-253-3114-8 (set)

펴낸날 2012년 3월 1일 1판 1쇄
기획 개발 지에밥 창작연구소 | **디자인 기획 진행** 고정선 | **디자인** 유정아, 박지인, 이가영, 김지희 | **삽화** 오유선, 안준석, 정현정, 윤은하, 김민석, 윤찬진, 정효빈,
김승민

제조년월 2020년 5월 **제조사명** ㈜NE능률 **제조국** 대한민국 **사용 연령** 12~13세

하루하루 성장하는
내 아이의 모습을 확인하길 바라며

프랑스의 유명한 정신 분석학자이자 철학자인 라캉은 인간이 성장한다는 것은 '상징계'에 편입되는 것이라고 말했습니다. 그가 말한 상징계란 '언어를 매개로 소통하는 체계'를 의미하는데, 우리가 살아가는 세상 혹은 사회가 바로 그것입니다. 결국 한 아이가 태어나서 정신적으로 성장하는 아동기에서 가장 중요한 것은 언어로 소통하는 능력을 키우는 일입니다. 〈세 마리 토끼 잡는 독서 논술〉은 이와 같은 점에 주목하여 기획하고 구성하였습니다.

첫째, 문자 언어를 비롯하여 그림, 도표 등 다양한 상징체계를 이해하는 과정을 통해 통합적인 언어 이해력을 키울 수 있도록 하였습니다.

둘째, 텍스트 이해력뿐만 아니라 추론 능력, 구성(표현) 능력, 비판적 사고 능력 등을 통합적으로 길러서 여러 가지 문제를 해결하는 데 실질적으로 도움이 될 수 있도록 하였습니다.

셋째, 초등 교육과정의 핵심 내용과 밀접하게 연계되도록 설계하였습니다.

부모님보다 더 훌륭한 스승은 없습니다. 〈세 마리 토끼 잡는 독서 논술〉은 부모님 이외의 다른 어떤 선생님도 필요 없습니다. 이 학습 프로그램을 통해서 하루하루 성장하는 내 아이의 모습을 확인하는 기쁨을 누리시길 바랍니다.

세 마리 **토**끼 잡는 **독**서논술 이란?

어떤 책인가요?

하나의 주제와 관련된 다양한 글(동화, 시, 수필, 만화, 논설문, 설명문, 전기문 등)을 읽고 통합 교과적인 문제를 풀면서 감각적 언어 능력(작품의 이해와 감상) 과 논리적 이해 능력(비문학의 구조, 추론, 적용 등), 국어 지식(어휘, 문법 등), 사회와 과학 내용 등을 통합적으로 익히는 독서 논술 프로그램 학습지입니다.

몇 단계, 몇 권인가요?

〈세 마리 토끼 잡는 독서 논술〉은 다음과 같이 총 5단계, 25권입니다.

단계	P단계	A단계	B단계	C단계	D단계
대상 학년	유아~초등 1년	초등 1년~2년	초등 2년~3년	초등 3년~4년	초등 5년~6년
권 수	5권	5권	5권	5권	5권

세 마리 토끼란?

'독서', '사고', '통합 교과'의 세 가지 영역을 말합니다. 즉, 한 권의 독서 논술 책 으로 다양한 장르의 글을 읽을 수 있고, 논술 문제를 풀면서 사고력을 기를 수 있 으며, 초등학교 주요 교과 내용과 연계된 문제를 풀면서 통합 교과 학습을 할 수 있습니다.

하루에 세 장씩 꾸준히 학습하면 세 마리 토끼를 잡을 수 있어요.

  독서
*각 단계에 맞게 초등학교의 주요 교과 내용을 주제로 정함.
*각 권의 주제와 관련된 글을 언어, 사회, 과학 등으로 나누어 읽 을 수 있음.

 사고
*언어, 사회, 과학 등과 관련된 다양한 장르의 글을 읽고 논술 문 제를 풀면서 생각하는 능력과 생각하는 폭을 확장할 수 있음.

 통합 교과
*다양한 장르의 글을 읽고 초등학교 국어, 사회, 과학 등의 학습 내용과 관련된 문제를 풀면서 통합 교과 학습을 할 수 있음.

하루에 세 장씩 학습하면 한 권을 한 달에 끝낼 수 있어요.

세 마리 토끼 잡는 독서 논술 이런 점이 다릅니다

초등학교 교과 내용과 긴밀하게 연결되어 있습니다.

각 단계의 권별 내용과 문제는 그 단계에 맞는 학년의 주요 교과 내용과 긴밀하게 연결되어 교과 학습에 도움을 줍니다.

하나의 주제를 통합 교과적으로 접근합니다.

각 권마다 하나의 주제가 있고, 그 주제를 언어, 사회, 과학과 연결시켜서 사고를 확장할 수 있게 하였습니다. 그리고 여러 교과와 연계된 문제를 풀면서 통합 교과적인 사고를 할 수 있습니다.

다양한 서술·논술형 문제를 풀 수 있습니다.

매 페이지마다 통합 교과 논술 문제를 제시하여 생각하는 힘과 표현력을 키울 수 있는 것은 물론 학교 시험에서 강화되고 있는 서술·논술형 문제에 대비할 수 있습니다.

다양한 장르의 글을 접할 수 있습니다.

각 주제와 관련된 명작 동화, 창작 동화, 전래 동화, 설화, 설명문, 논설문, 수필, 시, 만화, 전기문 등 다양한 장르의 글을 읽으면서 각 장르의 특성을 체험하며 독서하는 습관을 기를 수 있습니다. 특히 현재 왕성하게 활동하고 있는 여러 동화 작가의 뛰어난 창작 동화가 20여 편 수록되어 있습니다.

수준 높은 그림을 많이 제시하여 흥미롭게 학습할 수 있습니다.

어린이들은 글과 그림이 조화를 이룬 책으로 공부할 때 학습 효과를 높일 수 있습니다. 또한 좋은 그림은 어린이들의 정서 발달에 도움을 줍니다. 이런 점을 생각하여 한 페이지를 넘길 때마다 수준 높은 그림을 제시하여 어린이들이 흥미롭게 학습할 수 있도록 하였습니다.

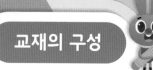

세마리 토끼잡는 독서논술은 이렇게 구성되었습니다

독서 전 활동 생각 열기

★ 한 주의 학습을 시작하기 전에 주제와 관련된 사진이나 그림을 보고, 앞으로 학습할 내용에 대해 흥미를 가질 수 있도록 하였습니다.

★ '생각 톡톡'의 문제를 풀면서 주제에 대한 자신의 경험이나 평소 생각을 돌이켜 보며 앞으로 학습할 내용을 짐작할 수 있도록 하였습니다.

★ 통합 교과 활동과 이어질 교과서의 연계 교과를 보며 교과 내용을 참고할 수 있도록 하였습니다.

독서 중 활동 깊고 넓게 생각하기

★ 한 권에 하나의 주제가 있고, 그 주제를 언어, 사회, 과학으로 나누어서 다양한 장르의 글을 읽으며 통합 교과 문제와 논술 문제를 풀 수 있도록 구성하였습니다.

★ 1주는 언어, 2주는 사회, 3주는 과학과 관련된 제재로 구성하였고, 4주는 초등 교과에서 다루고 있는 여러 가지 장르별 글쓰기(일기, 동시, 관찰 기록문, 기행문, 독서 감상문, 기사문, 논설문, 설명문, 희곡 등)와 명화 감상, 체험 학습 등의 통합 교과 활동으로 구성하였습니다.

되돌아봐요

★ 앞에서 읽은 글을 돌이켜 보면서 이야기의 흐름과 중심 생각을 파악하고, 더 나아가 자신의 생각을 발전시키는 문제를 풀 수 있도록 하였습니다. 이를 통해 한 주 동안 읽고 생각한 내용을 머릿속에서 차근차근 정리할 수 있습니다.

내가 할래요

★ 주제와 관련된 여러 가지 활동을 하며 한 주의 학습을 마무리할 수 있도록 하였습니다. 종이접기, 편지 쓰기, 그림 그리기 등 재미있는 활동을 하며 창의력과 상상력을 키울 수 있습니다.

★ 한 주의 학습이 끝난 다음 체크 리스트를 통해 학습한 주요 내용을 잘 이해하고 적용할 수 있는지 평가할 수 있습니다.

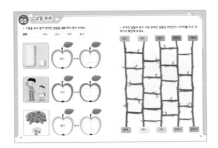

낱말 쏙쏙 (유아 P단계)

★ 한 주 동안 글을 읽으며 새로이 배운 낱말들을 그림과 더불어 살펴보고 익힐 수 있습니다.

궁금해요 (초등 A~D단계)

★ 한 주 동안 읽은 글이나 주제와 관련된 배경지식을 제공하여 앞에서 학습한 내용을 좀 더 깊이 이해할 수 있습니다.

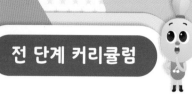
세마리 토끼잡는 독서논술의 커리큘럼

단계	권	주제	제재			
			언어(1주)	사회(2주)	과학(3주)	통합 활동 장르별 글쓰기(4주)
P (유아 ~초1)	1	나의 몸 살피기	뾰족성의 거울 왕비	주먹이	구슬아, 어디로 가니?	몸 튼튼, 마음 튼튼
	2	예절 지키기	여우와 두루미	고양이가 달라졌어요	비비네 집으로 놀러 와!	안녕하세요?
	3	친구와 사귀기	하얀 토끼, 까만 토끼	오성과 한음	내 친구를 자랑합니다!	거꾸로 도깨비 나라
	4	상상의 즐거움	헤라클레스의 모험	용용 죽겠지?	나는야 좋은 바이러스	상상이 날개를 달았어요
	5	정리와 준비의 필요성	지우개야, 고마워!	소가 된 게으름뱅이	개미 때문에, 안 돼~!	색깔아, 모양아! 여기 모여라!
A (초1 ~초2)	1	스스로 하기	내가 해 볼래요!	탈무드로 알아보는 스스로 하는 힘	우리도 스스로 잘 살아요	일기를 써 봐요
	2	가족의 소중함	파랑새	곰이 된 아빠	동물들의 특별한 아기 기르기	편지를 써 봐요
	3	놀이의 즐거움	꼬부랑 할머니와 흰 눈썹 호랑이	한 번도 못 해 본 놀이	동물 친구들도 노는 게 좋대요	머리가 좋아지는 똑똑한 놀이
	4	계절의 멋	하늘 공주가 그린 사계절	눈의 여왕	나뭇잎을 관찰해요	동시를 써 봐요
	5	자연 보호	세모산 솔이	꿀벌 마야의 모험	파브르 곤충기 (송장벌레)	관찰 기록문을 써 봐요
B (초2 ~초3)	1	학교생활	사랑의 학교	섬마을 학교가 좋아졌어요	우리 반 사고뭉치 기동이	소개하는 글을 써 봐요
	2	호기심 과학	불개 이야기	시턴 "동물기" (위대한 통신 비둘기 아노스)	물을 훔쳐 간 범인을 찾아라!	안내하는 글을 써 봐요
	3	여행의 즐거움	하나의 빨간 모자	15소년 표류기	갯벌 탐사 여행	기행문을 써 봐요
	4	즐거운 책 읽기	행복한 왕자	멸치 대왕의 꿈	물의 여행	독서 감상문을 써 봐요
	5	박물관 나들이	민속 박물관에는 팡이가 산다	재미있는 세계 이야기 박물관	과학관으로 놀러 오세요	광고하는 글을 써 봐요

단계	권	주제	제재			
			언어(1주)	사회(2주)	과학(3주)	통합 활동 장르별 글쓰기(4주)
C (초3 ~초4)	1	교통의 발달	자동차의 왕, 헨리 포드	당나귀를 타려다가……	교통수단, 사람들 사이를 잇다	명화 속 교통수단
	2	날씨와 환경	그리스 로마 신화	북극 소년 피터	생활 속 과학	날씨와 생활
	3	나누며 사는 삶	마더 테레사	민들레 국숫집	지진과 화산	주장하는 글을 써 봐요
	4	지역의 자연환경	울산 바위의 유래	우리 마을이 최고야!	아름다운 우리 고장	우리 마을 지도를 그려 봐요
	5	지역의 문화	준치가 메기 된 날	강릉의 딸, 겨레의 어머니 신사임당	우리나라 풀꽃 이야기	지역 특산물을 소개해 봐요
D (초5 ~초6)	1	우리 역사	삼국유사	옛날 사람들은 어떻게 살았을까?	역사를 바꾼 겨레 과학	지붕 없는 박물관, 경주 역사 유적 지구
	2	문화재	반야산 불상의 전설	난중일기	우리 문화에 숨어 있는 과학	설명하는 글은 어떻게 쓸까요?
	3	경제생활	탈무드로 만나는 경제	나눔을 실천한 기업가 유일한	재미있는 확률 이야기	기사문은 어떻게 쓸까요?
	4	정보화 사회	컴퓨터 천재 빌 게이츠	봉수와 파발	컴퓨터와 인터넷 세상	연설문은 어떻게 쓸까요?
	5	세계와 우주	우주를 여행하는 과학자 스티븐 호킹	80일간의 세계 일주	별과 우주	희곡은 어떻게 쓸까요?

각 학년의 교과와
연계된 주제로 다양한 글을
읽을 수 있어요.

세마리 토끼잡는 독서논술 이렇게 공부하세요

자신 있게 학습할 수 있는 단계를 선택하세요.

〈세 마리 토끼 잡는 독서 논술〉은 어린이 개인의 능력에 따라 단계를 선택하여 학습할 수 있는 교재입니다. 학년과 상관없이 자신이 자신 있게 학습할 수 있는 단계부터 선택하는 것이 중요합니다. 너무 어려운 단계나 너무 쉬운 단계를 선택하면 학습에 흥미를 잃을 수 있으므로 주의하세요.

한 주 동안 읽어야 할 독서 자료를 미리 읽으세요.

한 주 동안 읽어야 할 독서 자료를 미리 읽고 전체 내용을 파악한 다음, 매일 3장씩 읽고 문제를 푸는 것이 독서 학습을 하는 데 효과적입니다. 독서에는 흐름이 있습니다. 전체의 흐름을 미리 알고 세부적인 문제를 푸는 것이 사고력 확장에 도움이 됩니다.

매일 3장씩 꾸준히 공부하세요.

'가랑비에 옷이 젖는다.'라는 속담처럼 매일 꾸준히 3장씩 읽고, 생각하고, 표현하다 보면 독서, 사고, 통합 교과적 사고 능력이 성장한다는 것을 느낄 수 있을 것입니다. 그리고 매일 학습을 마친 뒤에는 '1일 학습 끝!' 붙임 딱지를 붙이면서 성취감을 느껴 보세요.

한 주 학습을 마친 후 자기 평가를 해 보세요.

한 주 학습이 끝난 다음에는 체크 리스트를 통해 학습한 내용을 얼마나 이해하고 적용할 수 있는지 스스로 평가해 보세요. 그래서 부족한 부분이 있다면 다시 한번 짚고 넘어가세요.

부모님과 깊이 있는 대화를 나누어 보세요.

한 주 동안 독서 자료를 읽고 문제를 풀면서 생각하고 표현해 보았다면, 그 주제에 대해 부모님과 이야기를 나누어 보세요. 주제에 대해 자신이 새롭게 알게 된 것이나 다르게 생각하게 된 것을 부모님과 이야기하다 보면 생각이 더욱 커진답니다.

한 주 학습표

일	월	화	수	목	금	토

★ 한 주 동안 읽어야 할 독서 자료 미리 읽기

★ 매일 3장씩 학습하기 → '1일 학습 끝!' 붙임 딱지 붙이기 → 한 주 학습이 끝나면 체크 리스트를 보며 평가하기

★ 부족한 부분 되짚기
★ 주요 내용 복습하기

세마리 토끼 잡는 독서논술

주제	주	제목	교과 연계 내용
정보화 사회	언어(1주)	컴퓨터 천재 빌 게이츠	[국어 6-1] 전기문에 나타난 시대 상황과 인물의 업적, 태도 알아보기
			[실과 6] 소프트웨어의 의미와 소프트웨어가 우리 생활에 미치는 영향 알아보기
	사회(2주)	봉수와 파발	[국어 6-1] 글쓴이의 관점 파악하기
			[사회 5-1] 교통수단의 발달로 인한 사회적인 변화 알아보기
			[과학 6-2] 연소와 소화의 조건 알아보기
	과학(3주)	컴퓨터와 인터넷 세상	[국어 5-2] 누리 소통망의 특징을 알고, 예절을 지키며 누리 소통망으로 대화하기
			[과학 6-2] 전기가 통하는 물체와 통하지 않는 물체 알아보기
			[실과 6] 개인 정보 보호와 지식 재산 보호의 의미 알아보기
	통합 활동/ 장르별 글쓰기 (4주)	연설문은 어떻게 쓸까요?	[국어 5-1] 연설문이 필요한 경우 알아보기, 연설문의 특징 알아보기
			[국어 6-1] 주장과 근거가 잘 드러나도록 글쓰기

1주

컴퓨터 천재
빌 게이츠

생각톡톡 세계적인 기업 마이크로소프트사를 창립하여 많은 사람들이 사용할 수 있는 컴퓨터 운영 프로그램을 만든 사람은 누구인지 **보기**에서 찾아 쓰세요.

보기 뉴턴 아인슈타인 빌 게이츠 피카소   (   )

관련교과 **[국어 6-1]** 전기문에 나타난 시대 상황과 인물의 업적, 태도 알아보기
[실과 6] 소프트웨어의 의미와 소프트웨어가 우리 생활에 미치는 영향 알아보기

컴퓨터 천재 빌 게이츠

미국의 한 교회에서 목사님이 성경 공부를 마친 뒤 말했어요.

"자, 오늘은 지난주에 말씀드린 대로 성경 구절을 외우는 날입니다. 산상 수훈[*]을 하나도 틀리지 않고 다 외우신 분에게는 맛있는 식사를 대접하겠습니다."

성경 공부 시간이면 목사님은 이런 약속을 자주 하곤 했어요. 하지만 오늘은 성경 구절이 너무 길어서 선뜻 나서는 사람이 없었어요.

"제가 외워 볼게요."

작은 키에 더벅머리를 한 아이가 손을 번쩍 들었어요. 아이의 이름은 빌 게이츠였어요. 평소 엉뚱하기만 하고 성경에는 통 관심이 없던 빌이 외우겠다고 나서자 목사님뿐만 아니라 빌의 부모님도, 친구들도 모두 놀랐어요.

"네가 외우겠다고? 좋다, 어서 나와서 외워 보렴."

빌은 긴 성경 구절을 한 번도 틀리지 않고 단숨에 외웠어요. 목사님은 신앙심이 좋다고 침이 마르도록 빌을 칭찬했어요. 그리고 맛있는 식사까지 사 주었답니다.

사실 빌은 한번 마음먹은 일은 누구보다 집중할 줄 아는 아이였어요. 그리고 도전을 좋아했답니다. 성경 구절을 외우는 일도 빌에게는 재미있는 도전 중 하나였어요.

[*] **산상 수훈**: 기독교 성경 가운데 "마태복음"에 실려 있는 예수의 가르침

1. 빌 게이츠가 성경 구절을 다 외울 수 있었던 까닭은 무엇인가요? (   )

① 성경에 관심이 많아서
② 목사님의 가르침 때문에
③ 성경 구절이 너무 짧아서
④ 부모님이 외우라고 강제로 시켜서
⑤ 성경 구절 외우는 일을 재미있는 도전으로 생각해서

 2. 다음 종교에서 사용하는 교리책은 무엇인지 보기 에서 찾아 쓰세요.

보기   쿠란   성경   불경

(1)

기독교
(   )

(2)

불교
(   )

(3)

이슬람교
(   )

 3. 이 글에서 빌 게이츠는 스스로 마음먹고 노력한 결과 긴 성경 구절을 모두 외웠습니다. 스스로 하는 공부와 다른 사람이 시켜서 하는 공부에는 어떤 차이점이 있을지 써 보세요.

열두 살이 되던 해, 빌 게이츠는 레이크사이드 학교로 전학을 갔어요. 레이크사이드 학교는 시애틀에 있는 명문 학교였지요.

하지만 전학생 빌은 친구들에게 그다지 인기가 없었어요. 잘난 척하고 멋 부리기 좋아하는 부잣집 아이들은 머리빗 대신 계산자[*]를 호주머니에 찌르고 다니는 빌을 이상하게 생각했어요. 너무 엉뚱하고 유별나다고 여긴 것이지요.

또 빌은 수학과 과학 말고는 다른 과목에는 큰 관심이 없었어요. 수학이나 과학 시간만 되면 눈빛이 반짝반짝 빛나고 선생님께도 열심히 질문들을 퍼부어 댔지요.

그럴 때마다 반 아이들은 빌 게이츠가 잘난 척을 한다고 생각했어요.

"수학을 잘한다면 이 문제도 한번 풀어 볼래?"

한 아이가 빌 게이츠에게 수학 문제를 들이밀었어요. 빌 게이츠는 침착하게 그 문제를 풀었어요. 사실 수학 선생님도 풀지 못한 어려운 문제였는데 말이에요.

"와, 이 녀석, 정말 천재 아냐? 빌, 너 진짜 대단하구나!"

그제야 반 아이들은 빌 게이츠의 수학 실력을 인정해 주었어요. 그리고 빌 게이츠는 친구들과 조금씩 친해졌지요. 어느 학교든 엉뚱한 친구가 있게 마련이니까요.

※ 계산자: 곱셈, 나눗셈, 로그 따위의 복잡한 수학 계산을 빠르고 간단하게 할 수 있는 자.

1. 이 글에서 빌 게이츠가 친구들 사이에서 인기가 없었던 까닭은 무엇인가요?

(   )

① 싸움을 못해서
② 말을 잘 못해서
③ 집이 너무 가난해서
④ 노래를 너무 못 불러서
⑤ 엉뚱하고 유별난 행동을 해서

2. 빌 게이츠는 수학을 좋아해서 계산자를 호주머니에 꽂고 다녔습니다. 다음에서 수학 시간에 필요한 도구를 모두 고르세요. (   )

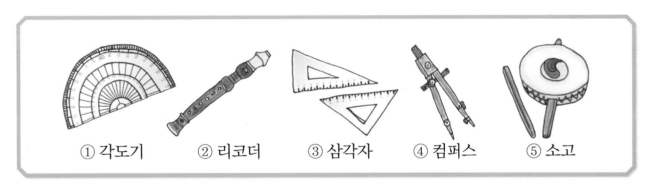

① 각도기   ② 리코더   ③ 삼각자   ④ 컴퍼스   ⑤ 소고

3. 이 글에서 전학생 빌 게이츠는 친구들에게 그다지 인기가 없는 아이였습니다. 여러분이 만약 빌 게이츠처럼 새로운 학교로 전학을 간다면 친구들에게 자신을 어떻게 소개할지 써 보세요.

열세 살이 되던 해, 빌 게이츠의 관심을 끄는 놀라운 기계가 학교에 설치되었어요. 학부모회가 바자회에서 번 돈으로 학생들을 위해 컴퓨터 단말기*를 설치해 준 것이에요.

당시 컴퓨터는 아주 귀한 것이었어요. 가격이 어마어마했고, 큰 회사에서 전문가들만 다루는 기계였어요. 덩치도 냉장고 몇 대를 붙여 놓은 것만큼이나 컸지요. 컴퓨터도 전원을 켜고 바로 사용하는 것이 아니라 컴퓨터 회사에 있는 중앙 컴퓨터에 전화선으로 연결되어 있는 단말기라서 접속료를 내고 사용했답니다.

"이게 말로만 듣던 컴퓨터로구나."

아이들은 컴퓨터 단말기를 신기하게 바라봤어요. 빌 게이츠도 새로운 기계에서 눈을 떼지 못했지요. 그날부터 빌은 매일같이 컴퓨터실로 달려갔어요. 정해진 시간 외에 함부로 만질 수도 없었고 오랫동안 순서를 기다려야 했지만 빌은 몇 시간씩 기다릴 만한 가치가 있다고 여겼어요.

컴퓨터실에는 빌처럼 컴퓨터에 관심이 많은 친구들이 모여들었어요. 그중에는 빌 게이츠의 단짝 켄트도 있었고, 2년 선배인 폴 앨런도 있었지요.

___

＊ **단말기**: 중앙에 있는 컴퓨터와 통신망으로 연결되어 데이터를 입력하거나 출력하는 장치.

사회 탐구 1. 컴퓨터는 세상을 놀라게 할 만큼 첨단 기술로 만들어진 기계입니다. 다음 중 첨단 기술이 발달함에 따라 변화될 미래의 생활 모습으로 알맞지 <u>않은</u> 것은 무엇인가요?

(   )

① 바닷속을 체험할 수 있는 도시가 만들어질 것이다.
② 전통 마을을 찾아가 과거의 생활 모습을 살펴볼 수 있을 것이다.
③ 집안일을 대신해 줄 가정용 로봇이 개발되어 일손을 덜어 줄 것이다.
④ 상상한 곳을 마치 실제로 방문하는 듯한 환상 여행이 가능할 것이다.
⑤ 우주선을 타고 지구 주위를 돌거나, 태양계의 천체를 여행하는 일이 가능할 것이다.

사회 탐구 2. 이 글에서 설명하는 당시의 컴퓨터 사용 환경은 어떠했나요? (   )

① 접속료를 전혀 내지 않고 사용하였다.
② 휴대용 노트북을 책상 위에 놓고 사용하였다.
③ 개인이 컴퓨터를 한 대씩 차지하고 사용하였다.
④ 각 교실마다 컴퓨터가 있어서 편하게 사용하였다.
⑤ 컴퓨터 회사에 있는 중앙 컴퓨터에 단말기를 연결해서 사용
   하였다.

논술 3. 이 글에서 빌 게이츠는 오랜 시간을 기다린 끝에 겨우겨우 컴퓨터를 사용할 수 있었다고 합니다. 여러분도 무엇인가를 얻거나 배우기 위해 오래 기다리거나 인내했던 경험을 써 보세요.

17

　컴퓨터는 빌 게이츠에게 가장 재미있는 장난감 중에 하나였어요. 다른 장난감들은 몇 번 가지고 놀면 금세 싫증 났지만 컴퓨터는 끊임없이 도전하고 또 도전할 만큼 재미있었어요. 또 만만한 상대도 아니었지요.

　빌은 선생님보다 빨리 컴퓨터 사용법을 익혔어요. 당시의 컴퓨터는 간단한 덧셈이나 뺄셈 같은 [*]연산을 하려면 직접 [*]프로그램을 짜 넣어야 했어요. 머릿속으로는 답이 뚝딱 나오는 시시한 문제인데 복잡한 프로그램을 짜야 했으니 얼마나 답답했겠어요. 하지만 빌은 프로그램을 짜는 것 자체가 무척 흥미로웠어요. 1주일 만에 사용법을 익히고 나서는 직접 오목 게임 같은 단순한 게임 프로그램을 만들기도 했지요.

　"야, 빌, 이거 멋진데! 오늘 우리 집에 가서 프로그램 짜는 걸 더 해 보자."

　두 살이 많은 폴 앨런도 빌을 인정해 주었어요. 빌도 폴 앨런이 컴퓨터에 대해서만은 자신에게 결코 뒤지지 않는다는 걸 알았지요. 실제로 폴 앨런의 집에는 컴퓨터에 관한 많은 책이 있었어요.

　"와, 이렇게 많은 책은 처음 보는걸. 이 책들을 전부 읽을 거야. 난 배워야 할 게 아직도 엄청 많은 거 같아."

　빌 게이츠는 컴퓨터 박사가 되려면 훨씬 더 많은 공부를 해야 한다고 생각했어요.

※ **연산**: 식이 나타낸 일정한 규칙에 따라 계산함.
※ **프로그램**: 어떤 문제의 처리 방법과 순서를 기록하여 컴퓨터에 주어지는 일종의 명령문.

언어

1. 빌 게이츠가 폴 앨런과 친구가 된 까닭은 무엇인가요? (　　　)

① 같은 반 친구라서
② 컴퓨터를 좋아해서
③ 같은 동네에 살아서
④ 책 읽는 것을 좋아해서
⑤ 축구나 야구 같은 운동을 좋아해서

사회
탐구

2. 컴퓨터가 고도로 발달한 오늘날의 사회를 정보화 사회라고 합니다. 다음 중 정보화 사회의 문제점으로 알맞지 않은 것은 무엇인가요? (　　　)

① 인터넷으로 전 세계 사람과 빠르게 소통할 수 있다.
② 불법 복제 프로그램을 만들어 여러 산업 분야에 손해를 입힌다.
③ 컴퓨터 바이러스를 퍼뜨려 다른 사람의 컴퓨터 시스템을 망가뜨린다.
④ 온라인상에서 이름을 밝히지 않고 다른 사람에게 정신적 피해를 입힌다.
⑤ 다른 사람의 컴퓨터 시스템에 몰래 침입하여 시스템을 파괴하거나 정보를 훔친다.

논술

3. 빌 게이츠는 폴 앨런의 집에서 컴퓨터에 관련된 많은 책들을 보고 자신이 더 공부해야 한다는 것을 느꼈습니다. 여러분은 지금 자신의 부족한 점이 무엇이라고 생각하는지 써 보세요. 그리고 부족함을 채우기 위해서 어떤 노력을 해야 할지도 함께 써 보세요.

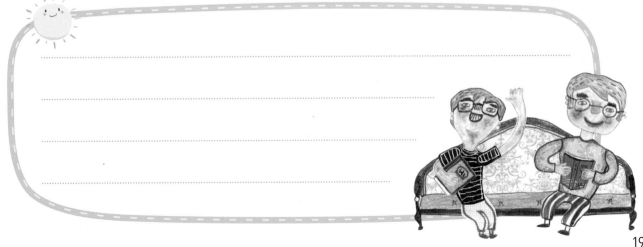

"애들아, 오늘 밤 잊지 마!"

빌과 친구들은 수업이 끝나자 비밀스럽게 이야기를 주고받았어요.

그날 밤, 빌은 저녁을 먹고 부리나케 집을 빠져나왔어요. 빌이 향한 곳은 C-큐브드라는 회사였어요. 비싼 컴퓨터 접속료 때문에 학교에서 더 이상 컴퓨터를 사용하지 못하게 되었는데, 때마침 이 회사에서 새로 짠 프로그램을 시험해 달라고 했거든요. 켄트, 폴 앨런 등 친구들이 하나둘 모여들었어요.

빌과 친구들은 직원들이 모두 퇴근한 사무실에서 마음껏 컴퓨터를 할 수 있었어요. 학교에 있는 단말기와는 비교도 안 될 만큼 성능이 좋은 데다, 단말기가 여섯 대나 되니 아이들로서는 천국이나 다름없었지요.

"너희들이 할 일은 새 프로그램의 오류*를 찾아내는 일이야. 레이크사이드를 대표하는 컴퓨터 박사들이라니 충분히 해낼 수 있을 거야."

관리 직원은 이렇게 말하고 퇴근을 했지요.

"밤새 마음껏 사용하라고? 난 이보다 반가운 소리를 들어 본 적이 없어."

아이들은 밤마다 컴퓨터 앞에 앉아 시간 가는 줄 몰랐어요.

⁂ **오류**: 연산 처리 장치의 잘못된 동작이나 소프트웨어이 잘못 때문에 생기는 우차.

사회
탐구

1. 오늘날에는 옛날에 비해 정보를 얻을 수 있는 방법이 다양해졌습니다. 다음 중 많은 사람들에게 대량의 다양한 정보를 전달하는 것이 <u>아닌</u> 것은 무엇인가요? (   )

① 편지   ② 신문   ③ 인터넷   ④ 텔레비전

사회
탐구

2. 빌 게이츠와 친구들은 시간 가는 줄 모르고 컴퓨터를 했습니다. 이렇게 컴퓨터를 많이 했을 때 생기는 나쁜 점이 <u>아닌</u> 것은 무엇인가요? (   )

① 시력이 나빠진다.   ② 공부할 시간이 부족하다.
③ 컴퓨터에 대해 많이 알게 된다.   ④ 운동 부족으로 건강을 해칠 수 있다.
⑤ 컴퓨터에 시간을 뺏겨서 책 읽을 시간이 없다.

논술

3. 빌 게이츠와 친구들은 컴퓨터를 신기해하고 무척 좋아했습니다. 여러분은 컴퓨터를 사용할 때 어떤 점이 가장 좋은지 써 보세요.

낮이고 밤이고 컴퓨터에만 매달려 있다 보니 빌은 다른 것에는 도무지 신경을 쓸 수 없었어요. 머리는 며칠 동안 감지 않아서 부스스하고, 수업 시간에는 연신 하품을 하거나 꾸벅꾸벅 졸기 바빴어요.

방도 난장판이었어요. 훌렁 벗어 던진 옷들이 아무 데나 널브러져 있고, 프로그램을 짠 종이테이프들이 여기저기에 나뒹굴고 있었어요. 책상 위에는 컴퓨터에 관련된 책들만 수북이 쌓여 있었고요.

"빌, 이게 다 뭐니?"

엄마는 어질러진 방과 책상 위에 가득 쌓인 책을 보고 놀란 목소리로 물었어요.

"엄마, 내 머릿속에는 온통 컴퓨터만 있어요. 난 컴퓨터에 대해 더 알고 싶어요."

"그래서 이 어려운 책을 네가 읽는다는 거야? 어휴, 컴퓨터가 도대체 뭐라고!"

엄마는 책상 위에 놓인 책들을 살펴보며 더 놀랄 수밖에 없었어요. 빌이 읽기에는 너무 어려운 책들이었거든요. 하지만 빌은 놀랄 일도 아니라는 듯 어깨를 으쓱하고 말했어요.

"엄마, 앞으로는 누구든 컴퓨터를 쓰게 될 거예요. 두고 보세요."

언어 1. 빌이 컴퓨터에 푹 빠져 지내면서 일어난 일이 <u>아닌</u> 것 두 가지를 고르세요.

(   )

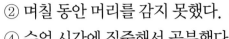

① 방이 난장판이 되었다.   ② 며칠 동안 머리를 감지 못했다.

③ 수업 시간에 꾸벅꾸벅 졸았다.   ④ 수업 시간에 집중해서 공부했다.

⑤ 머리부터 발끝까지 깔끔하게 차려입고 다녔다.

 사회 탐구 2. 다음은 컴퓨터로 인한 생활의 변화입니다. 알맞은 것끼리 줄로 이으세요.

(1) 정치적인 면 •

(2) 경제적인 면 •

(3) 문화적인 면 •

(4) 교육적인 면 •

• ㉠ 인터넷으로 영화나 연극 등의 입장권을 예매할 수 있어 문화생활의 기회가 많아졌다.

• ㉡ 인터넷을 이용해 집에서도 다양한 교육을 받을 수 있다.

• ㉢ 국민들이 나라 사정을 쉽게 알고, 인터넷 상으로 의사 표현과 참여가 가능해졌다.

• ㉣ 소비자와 생산자 모두에게 도움을 주는 전자 상거래가 늘어났다.

논술 3. 빌 게이츠는 미래에는 누구나 컴퓨터를 사용하게 될 것이라고 믿었습니다. 오늘날 컴퓨터는 여러분의 일상생활에 어떤 도움을 주는지 써 보세요.

C-큐브드의 일이 다 끝날 즈음, 빌과 친구들은 직접 프로그램을 만들어 컴퓨터 회사를 찾아가기로 했어요. 포틀랜드행 기차 안에서 빌과 친구들은 긴장된 모습을 감추지 못했어요.

"빌, 만약 우리 프로그램이 거절당하면 어떡하지?"

"걱정 마. 만약 거절당하면 또 도전하면 돼."

빌도 긴장하기는 마찬가지였지만 자신 있는 목소리로 말했어요.

컴퓨터 회사 사람들은 시애틀에서 온 여드름 난 소년들을 처음에 무시하듯 쳐다보았어요. 하지만 빌과 친구들이 만들어 온 프로그램을 보고는 깜짝 놀랐지요.

"이걸 정말 자네들이 만들었단 말인가? 정말 놀랍군. 우리 회사에서 임금을 자동으로 계산해 주는 프로그램을 개발해 보게!"

회사 사장은 그 자리에서 빌과 친구들에게 프로그램 짜는 일을 맡겼어요.

그날부터 빌과 친구들은 꼬박 6개월 동안 밤을 새우며 프로그램을 개발했어요. 그리고 얼마 뒤 회사에서 원하는 프로그램을 만들어 2만 5,000달러라는 큰돈을 받았답니다. 좋아하는 컴퓨터도 실컷 하고 그 일로 처음으로 돈까지 벌게 된 거예요.

* **임금**: 일한 대가로 받는 돈.
* **개발**: 새로운 물건을 만들거나 새로운 생각을 내놓음.

🐰 언어 1. 이 글에서 빌 게이츠와 친구들이 포틀랜드행 기차를 타게 된 까닭은 무엇인가요?

( )

① 다른 학교로 전학 가서

② 컴퓨터 회사에 취직이 되어서

③ 더 넓은 세상을 구경하기 위해서

④ 컴퓨터를 공짜로 사용할 수 있는 곳이 포틀랜드에 있어서

⑤ 자신들이 만든 프로그램을 컴퓨터 회사에 보여 주기 위해서

🐰 사회 탐구 2. 많은 사람들이 컴퓨터를 사용하게 되고 인터넷이 보급되면서 편리해진 생활을 모두 고르세요. ( )

①
집에서 학교 수업을 받는다.

②
컴퓨터 바이러스의 피해를 입는다.

③
집에서 인터넷을 통해 은행 업무를 본다.

④
집에서 인터넷을 통해 필요한 물건을 산다.

🐰 논술 3. 빌 게이츠는 친구들에게 말하기를, 컴퓨터 회사 사람들이 거절해도 실망하지 않고 다시 도전하겠다고 했습니다. 빌 게이츠처럼 포기하지 않고 끝까지 도전하는 정신이 필요한 까닭을 써 보세요.

학교 선생님은 빌과 친구들에게 중요한 일을 맡겼어요.

"빌, 컴퓨터로 학교 수업 일정[*]을 좀 짜 주지 않겠니? 매번 수강 신청이 잘못되었다고 학생들이 불만을 터뜨리는 데다 교실도 엉켜 골치가 아프구나. 올해는 컴퓨터 천재들의 도움을 좀 받아도 될까?"

선생님의 제안에 빌은 흔쾌히 고개를 끄덕였어요. 단짝 켄트도 옆에서 눈빛을 반짝였지요. 그 당시 폴은 대학에 입학해 자주 만날 수가 없었어요.

두 사람은 밤을 새워 가며 프로그램 짜는 일에 열중했어요. 피곤할 때에는 서로 엉뚱한 아이디어도 내고 농담도 하며 잠을 쫓곤 했지요. 그리고 얼마 뒤, 수업 일정을 정리하는 프로그램을 멋지게 만들어 냈어요.

하지만 기쁨은 아주 잠시였어요. 빌은 그해 5월 청천벽력 같은 소식을 들었지요.

"켄트가 산을 오르다 그만 사고로 죽었대."

"뭐? 켄트가 죽었다고? 어떻게 그런 일이⋯⋯."

빌은 친구의 죽음에 크게 슬퍼했어요. 며칠 동안 방 안에만 들어박혀 나오지 않았지요. 친구를 잃은 빌은 슬픈 마음에 한동안 아무 일도 할 수 없었어요.

---

[*] **일정**: 일정한 기간 동안 해야 할 일의 계획을 날짜별로 짜 놓은 것.

1. 학교 선생님이 빌 게이츠에게 부탁한 일은 무엇인가요? (   )

① 교실 청소를 하는 일

② 컴퓨터 천재들을 모아 달라는 일

③ 전교생의 수강 신청을 고치는 일

④ 학교에 있는 컴퓨터 단말기를 고치는 일

⑤ 컴퓨터로 수업 일정 프로그램을 짜는 일

2. 이 글에서 빌 게이츠는 단짝 친구 켄트가 죽었다는 청천벽력 같은 소식을 들었다고 했어요. '청천벽력'의 낱말 뜻을 쓰고 짧은 글을 지어 보세요.

(1) 뜻:

(2) 짧은 글:

3. 친구를 잃은 빌 게이츠는 오랫동안 슬퍼했습니다. 여러분이 빌의 친구가 되어 슬픔에 빠진 빌 게이츠를 위로하는 편지글을 써 보세요.

시간이 흘러, 빌 게이츠는 고등학교를 졸업하고 미국에서 가장 성적이 좋은 학생들이 가는 하버드 대학에 입학했어요. 빌은 변호사인 아버지의 뒤를 잇기 위해 처음에는 법학과를 선택했어요. 하지만 법학과는 적성에 맞지 않았고, 컴퓨터에 대한 빌의 열정은 조금도 사그라들지 않았어요.

그즈음, 미츠사에서 알테어란 개인용 컴퓨터를 만들어 세상에 내놓았어요. 중앙 컴퓨터가 필요 없는 작은 크기의 컴퓨터였어요.

"아직 알테어는 고철 덩어리에 불과해. 컴퓨터를 움직일 만한 프로그램이 형편없거든. 우리가 한번 만들어 보자."

빌과 폴 앨런은 알테어에 쓸 프로그램을 한 달 만에 만들어 미츠사를 찾아갔어요. 그리고 많은 사람들이 보는 앞에서 프로그램을 성공적으로 실행시켰지요.

"폴, 우리도 회사를 세우자. 프로그램을 만드는 회사 말이야. 컴퓨터는 점점 진화할 거야. 그럼 많은 사람들이 우리 회사에서 만든 프로그램을 사려고 줄을 설 거야."

빌은 앞으로 컴퓨터 시대가 열릴 것이라 믿고 폴 앨런과 함께 '마이크로소프트사'를 세웠지요.

※ **적성**: 어떤 일에 알맞은 성격이나 적응 능력.

사회 탐구 1. 빌 게이츠는 법학과가 적성에 맞지 않았다고 합니다. 그렇다면 다음의 직업에 알맞은 적성은 무엇인지 찾아서 줄로 이으세요.

(1) 　　(2) 　　(3) 　　(4)

경찰관　　　　　　예술가　　　　　　교육자　　　　　복지 사업가

●　　　　　　　●　　　　　　　●　　　　　　●

1주 3일
학습 끝!

붙임 딱지 붙여요.

●　　　　　　●　　　　　　●　　　　　●

| ㉠ 잘못된 일을 보면 못 참는다. | ㉡ 아이들을 가르치는 일이 즐겁다. | ㉢ 어려운 사람을 돕는 일을 좋아한다. | ㉣ 창조적인 일에 자신이 있다. |

언어 2. 빌 게이츠와 폴 앨런이 세워 현재 세계를 이끄는 대기업으로 성장시킨 회사 이름을 이 글에서 찾아 쓰세요.

(　　　　　　　　　　　　)

논술 3. 빌 게이츠는 컴퓨터는 점점 진화할 것이라고 했습니다. 오늘날 컴퓨터는 얼마나 발전하고 진화했는지 써 보세요.

마이크로소프트사는 앨버쿼크에 있는 작은 아파트에서 시작했어요. 처음에 투자할 수 있는 돈은 겨우 1,000달러뿐이었지요. 빌 게이츠와 폴 앨런은 밤낮 없이 프로그램 개발에 힘썼어요. 그리고 예전에 레이크사이드 학교 컴퓨터실에서 함께 시간을 보낸 친구들을 앨버쿼크로 모두 불러 모았지요. 회사 일에 집중하기 위해 빌은 하버드 대학까지 과감히 그만두었어요.

마이크로소프트사는 프로그램 만드는 능력을 인정받아 많은 회사로부터 일이 들어왔어요. 하지만 중요한 문제가 하나 있었어요. 사람들이 프로그램을 돈을 주고 사려고 하지 않는 것이었어요.

"컴퓨터는 많이 팔리고 있는데 프로그램은 2년 동안 고작 40개밖에 팔리지 않다니! 사람들이 프로그램을 복사해서 쓰는 게 문제야."

다음 날, 빌 게이츠는 잡지에 이런 글을 실었어요.

'프로그램이 없다면 컴퓨터는 기계 덩어리에 불과합니다. 그래서 우리는 많은 노력을 기울여 프로그램을 개발하고 있습니다. 그런데 모두 공짜로 프로그램을 사용한다면 누가 프로그램을 개발하겠습니까? 프로그램을 복사하는 것은 도둑질입니다.'

그 뒤 사람들은 점차 프로그램은 서비스가 아니라 상품이라고 생각하게 되었어요.

1. 컴퓨터는 많이 팔리는데 프로그램이 팔리지 않는 까닭은 무엇인가요? (   )

① 프로그램 사기가 까다로워서
② 프로그램 사용 방법을 몰라서
③ 프로그램 가격이 컴퓨터보다 비싸서
④ 프로그램을 파는 가게가 많이 없어서
⑤ 프로그램을 사지 않고 복사해 사용해서

2. 빌 게이츠가 프로그램을 개발해 지식 재산권을 주장한 것처럼 문학, 예술, 학술에서 새로운 창작물에는 창작한 사람에게 저작권이라는 권리가 생깁니다. 저작권은 지식 재산권의 한 종류입니다. 다음 중 저작권의 대상이 되는 영역이 <u>아닌</u> 것은 어느 것인가요? (   )

① 소설   ② 노래   ③ 영화   ④ 그림   ⑤ 공문서

3. 이 글에서 잡지에 실린 빌의 글을 읽고 사람들의 생각이 바뀌었다고 했습니다. 컴퓨터 프로그램의 권리에 대한 빌 게이츠의 의견에 대해 어떻게 생각하는지 써 보세요.

빌 게이츠와 마이크로소프트사는 컴퓨터의 역사를 새롭게 쓰는 주인공이 되었어요. 1년에 일주일도 쉬지 못하고 일에 매달린 결과였지요.

1981년에는 IBM사에서 만든 가정용 컴퓨터에 마이크로소프트사에서 만든 도스(MS-DOS)라는 운영 프로그램이 실려 날개 돋친 듯이 팔려 나갔어요. 그리고 다른 컴퓨터 회사에서 경쟁하듯 가정용 컴퓨터를 만든 뒤 도스(DOS) 프로그램을 사 갔지요.

1985년은 컴퓨터 역사에서 아주 중요한 해랍니다. 바로 마이크로소프트사에서 윈도 프로그램을 개발한 것이에요. 이때까지 컴퓨터는 글씨나 기호를 직접 입력해서 이용했는데 윈도 프로그램은 달랐어요. 마우스를 움직여 아이콘을 클릭만 하면 간단하게 컴퓨터를 실행시킬 수 있었지요.

"와, 컴퓨터가 쉬워졌어."

"복잡한 컴퓨터를 손가락 하나로 간단하게 사용할 수 있게 되었어. 어른, 아이 모두 컴퓨터를 할 수 있는 거야."

사람들은 윈도 프로그램의 등장에 흥분했어요. 하지만 빌 게이츠는 여기에서 멈추지 않았어요. 윈도 프로그램은 해마다 발전했고, 그때마다 사람들의 반응은 뜨거웠지요.

✴ **아이콘**: 컴퓨터에 제공하는 명령을 문자나 그림으로 나타낸 것.

1. 윈도 프로그램에 대한 사람들의 반응으로 알맞은 것은 무엇인가요? (   )

① 컴퓨터 사용이 더 어려워.　　　② 복잡해서 자주 쓰지 못하겠어.
③ 아이들은 제대로 쓰지 못하겠군.　④ 정말 편리한 프로그램이 나왔군.
⑤ 윈도 프로그램은 사지 않을 거야.

2. 빌 게이츠는 컴퓨터 프로그램을 만들어 다른 기업과 많은 경쟁을 벌였습니다. 기업의 경쟁에 대한 설명으로 알맞은 것을 찾아 줄로 이으세요.

(1)

가격 경쟁

ㄱ 다른 회사보다 더 우수한 성능을 갖춘 제품을 생산한다.

(2)

품질 경쟁

ㄴ 제품의 가격을 낮추어 소비자들이 자기 회사의 제품을 사도록 한다.

(3)

서비스 경쟁

ㄷ 소비자들이 자기 회사의 제품을 편리하게 사용할 수 있도록 서비스를 제공한다.

3. 빌 게이츠와 마이크로소프트사는 컴퓨터의 역사를 새롭게 쓴 주인공입니다. 컴퓨터 사용에 빌 게이츠가 끼친 영향이 무엇인지 설명하는 글을 써 보세요.

　그 뒤로도 마이크로소프트사에서는 인터넷 사용자를 위한 인터넷 익스플로러, 간단하게 표를 만들고 계산할 수 있는 엑셀, 문서를 만들 수 있는 마이크로소프트 워드 등 여러 가지 프로그램을 만들었어요.

　사람들의 컴퓨터 사용은 더 간편해졌고, 마이크로소프트사는 어마어마하게 큰 회사가 되었어요. 회사의 사장인 빌 게이츠도 백만장자가 되었고요. 하지만 빌 게이츠는 예전이나 지금이나 변함이 없어요.

　"돈이 많건 적건 내 생활은 같아. 굳이 달라진 걸 꼽자면 많은 돈으로 이웃을 도울 수 있게 되었다는 것이지."

　빌 게이츠는 재산의 95퍼센트를 사회에 기부하리라 다짐했어요. 그래서 지금은 회사를 그만두고 나와 부인과 함께 자선 단체를 만들어 활동하고 있어요.

　빌 게이츠는 세상에서 기부를 가장 많이 하는 사람으로 손꼽히고 있어요. 세계 평화를 위해, 돈이 없어서 공부를 하지 못하는 젊은이에게, 병으로 고통받는 가난한 이웃에게 자신의 재산을 아낌없이 나누어 주었기든요. 컴퓨터로 세성을 바꾼 젊은이가 이제는 '나눔'으로 세상을 바꾸고 있는 것이지요.

※ **기부**: 자선 사업이나 공공사업을 돕기 위하여 돈이나 물건 따위를 대가 없이 내놓음.

1. 빌 게이츠가 회사를 그만두고 부인과 함께 하는 일은 무엇인가요? (   )

① 연구원   ② 출판사   ③ 자선 사업   ④ 클럽 활동   ⑤ 인터넷 사업

1주 4일
학습 끝!

붙임 딱지 붙여요.

2. 빌 게이츠가 만든 인터넷 익스플로러로 인해 전 세계 사람들이 인터넷을 사용하게 되었습니다. 올바른 인터넷 사용의 예가 <u>아닌</u> 것은 무엇인가요? (   )

① 올바른 언어를 사용한다.
② 거짓 정보를 퍼뜨리지 않는다.
③ 불법 복제품을 사용하거나 유통시키지 않는다.
④ 음란물이나 폭력물 등의 유해 사이트들을 멀리한다.
⑤ 개인 정보의 유출을 막기 위해 다른 사람의 아이디를 사용한다.

3. 빌 게이츠는 재산의 95퍼센트를 사회에 기부하겠다고 다짐하고 현재 실천하고 있습니다. 여러분은 자신이 가진 것 중 어떤 것을 나누고 싶은지 쓰고, 그것을 통해 바라는 점도 함께 써 보세요.

▲ 빌 게이츠와 부인 멀린다 게이츠

┃ 다음은 빌 게이츠의 일생을 간략하게 정리한 것입니다. (　　　) 안에 들어갈 알맞은 말을 보기 에서 찾아 써넣으세요.

보기

| 레이크사이드 | 폴 앨런 | 컴퓨터 | 마이크로소프트사 |
| 켄트 | 백만장자 | 자선 단체 | 윈도 프로그램 |

(1)

빌 게이츠는 열두 살 때 (　　　　　　)
학교로 전학을 갔다.

(2)

빌 게이츠는 단짝 친구인 (　　　　　　)가
등반 사고로 죽자 오랫동안 슬퍼했다.

(3)

빌 게이츠는 (　　　　　　)과 회사를
세운 뒤 하버드 대학을 그만두었다.

(4)

전학 간 학교에서 빌 게이츠가 관심을 가진 것은
(　　　　　　)였다.

(5)

(　　　　　　)는 도스와 윈도
프로그램을 만들어 점점 큰 회사가 되었다.

(6)

돈을 많이 벌어 (　　　　　　)가 된 빌 게
이츠는 (　　　　　　)를 만들었다.

2 ┃ 에서 일이 일어난 순서대로 번호를 쓰세요.

(　　　) → (　　　) → (　　　) → (　　　) → (　　　) → (　　　)

3 빌 게이츠는 마이크로소프트사를 만들어 많은 일들을 이루었습니다. 다음 중 빌 게이츠가 한 일을 골라 ◯표를 하세요.

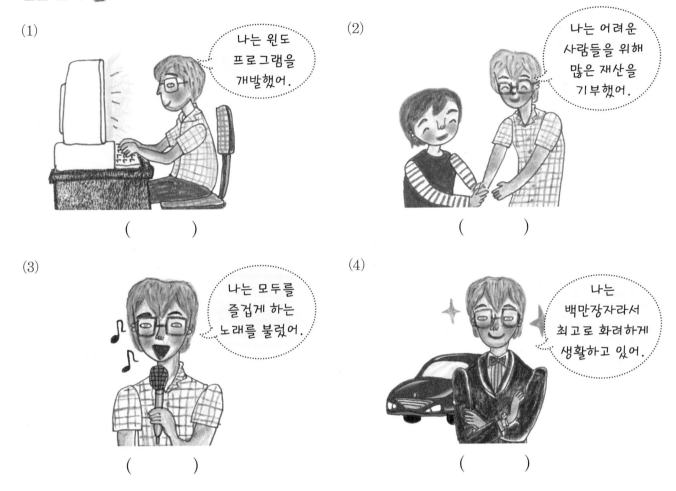

(1) 나는 윈도 프로그램을 개발했어.

( )

(2) 나는 어려운 사람들을 위해 많은 재산을 기부했어.

( )

(3) 나는 모두를 즐겁게 하는 노래를 불렀어.

( )

(4) 나는 백만장자라서 최고로 화려하게 생활하고 있어.

( )

4 빌 게이츠는 컴퓨터로 세상을 바꾼 인물로 잘 알려져 있습니다. 이런 빌 게이츠의 현재 꿈은 어려운 사람들을 위해 '나눔'을 실천하는 일입니다. 빌 게이츠가 어려운 사람들을 돕는 일을 최종 꿈으로 선택한 까닭은 무엇일지 써 보세요.

궁금해요

컴퓨터로 세상을 바꾸리라

컴퓨터는 20세기 정보화 사회를 열었어요. 이 과정에는 눈에 띄는 인물들이 있었지요. 컴퓨터 천재 빌 게이츠와 함께 컴퓨터로 세상을 바꾼 인물로 손꼽히는 스티브 잡스를 알고 있나요? 기발한 아이디어로 세계적인 컴퓨터 전문가가 된 스티브 잡스를 만나 가상 인터뷰를 하였어요.

 안녕하세요? 컴퓨터 회사 '애플'을 만들어서 놀라운 성공을 거두셨지요? 그때 이야기 좀 해 주세요.

 친구와 함께 집 창고에서 '애플'이란 컴퓨터 회사를 만들었어요. 사과 한 쪽을 베어 먹은 모양을 회사 마크로 해서 1977년 최초로 개인용 컴퓨터를 만들었지요. 반응이 아주 좋아서 짧은 시간에 큰 성공을 거두었어요.

▲ 스티브 잡스(왼쪽)와 빌 게이츠

 그런데 얼마 후 애플 회사에서 쫓겨나셨네요?

 맞아요. 회사를 만든 사람이 회사에서 쫓겨났지요. 좀 이상해 보이지만 그렇게 됐어요. 성공을 이루고 현실에 만족한 후 노력을 게을리해서 그렇게 되었다고 생각해요. 하지만 그런 시련이 나를 더 성공할 수 있게 해 주었어요.

 어릴 때부터 여러 가지 시련을 이겨 내셨다고 들었어요. 회사에서 쫓겨나는 어려움 못지않았을 것 같아요.

 많은 사람들이 알고 있다시피 저는 미혼모가 낳은 아이였어요. 결혼을 하지 않고 어린 나이에 저를 낳은 어머니는 저를 입양시키기로 결심했지요. 저는 지금의 부모님께 입양되었는데 노동자이시던 부모님은 성실하셨지만 돈을 많이 벌지는 못했어요. 대학에 들어가고 보니 제가 대학 등록금으로 부모님이 모아 놓은 돈을 모두 쓰고 있더군요. 저는 과감하게 대학을 그만두고 제가 정말 원하는 수업만 몰래 들으며 공부를 했어요. 기숙사에 들어가지 못했기 때문에 친구네 집에 신세를 지고, 먼 거리를 걸어 다니고, 콜라병을 모아 팔아서 먹을 것을 사야 했어요. 배고프고 힘든 시기였지요. 하지만 그때도 저는 다 잘될 거라고 믿었어요.

그런 마음이 애플에서 나온 뒤 픽사라는 회사를 만들게 했던 것일까요?

 그래요. 한동안 방황했지만 곧 마음을 다잡고 픽사를 세워 3D 애니메이션을 만들었어요. 지금은 3D 애니메이션이 흔하지만 그때는 신선한 일이었지요. 그때 '토이 스토리', '벅스 라이프' 등의 애니메이션 영화를 만들었지요.

 정말 신나고 재미있는 영화들이었어요. 그러고 보면 남들보다 뛰어난 창의력을 가지고 계신 것 같아요.

 저는 언제나 '다르게 생각하라'는 말을 되뇌입니다. 그게 창의력을 만들지요. 남과 다른 나만의 개성, 나만의 생각을 찾고, 끈질기게 노력하면 새로운 것을 만들 수 있어요. 최근 유행하는 스마트폰과 태블릿 PC를 만들 수 있었던 것도 그것 때문이지요. 스마트폰과 태블릿 PC는 처음 컴퓨터가 만들어진 때처럼 사람들의 생활을 많이 변화시키고 있어요. 이런 변화는 앞으로도 계속될 것입니다.

▲ 애플사에서 만든 첨단 제품들

 어떤 변화일지 정말 기대가 되는군요. 상상만 하던 많은 일이 현실로 이루어지겠죠? 도전적이고 열정적인 잡스 씨의 말씀을 늘 기억하겠습니다. 인터뷰에 응해 주셔서 감사합니다.

✎ 스티브 잡스가 창의력을 키우기 위해 늘 되뇌이는 말을 써 보세요.

내가 할래요

나의 세 가지 주장

다음은 빌 게이츠가 마운틴휘트니 고등학교의 졸업식에서 사회로 나가는 학생들에게 들려준 말입니다. 빌 게이츠의 말 중에서 여러분이 주장하고 싶은 것을 골라서 짤막한 연설문을 써 보세요.

첫째, 현실을 불평하지 말고 자신의 것으로 받아들이세요.

둘째, 충분히 공부하지 않고 회사에서 많은 월급을 받을 수는 없습니다.

셋째, 햄버거 가게에서 일하더라도 창피하게 생각하지 마십시오.

넷째, 인생을 망치는 것은 자신이면서 부모를 탓하지 마십시오.

다섯째, 학교에서는 승자와 패자가 없지만 사회는 다릅니다.

여섯째, 스스로 알아서 하지 않으면 누구도 가르쳐 주지 않습니다.

일곱째, 공부밖에 할 줄 모르는 바보가 성공할 수 있습니다.

1주
학습 끝!

확인할 내용	잘함	보통임	부족함
1. 이번 주 학습을 5일(월요일~금요일) 안에 끝마쳤나요?			
2. 컴퓨터에 대한 빌 게이츠의 꿈을 잘 이해하였나요?			
3. 등장인물의 마음이 되어 상상하기를 잘할 수 있나요?			
4. 여러분의 꿈이 무엇인지 이야기를 잘할 수 있나요?			

1주 5일
학습 끝!

붙임 딱지 붙여요.

전하는 말

2주

봉수와 파발

봉수와 파발

고려 시대에 김부식이 쓴 "삼국사기"에는 호동 왕자와 낙랑 공주의 사랑 이야기가 담겨 있다. 그런데 두 사람의 사랑 이야기에서 당시의 통신 수단을 살펴볼 수 있다.

고구려의 호동 왕자와 낙랑 공주는 서로 깊이 사랑하였지만 두 사람이 처한 상황은 그리 좋지 않았다. 낙랑은 중국 사람들이 우리나라 땅에 세운 나라로, 우리나라 사람들에게 눈엣가시 같은 나라였다. 그래서 고구려에서는 어떻게 해서든 낙랑을 정복하려고 했다. 호동 왕자는 고구려의 왕자로서 낙랑을 정복하는 데 앞장서야 했다.

'내가 해야 할 일은 중국이 우리 땅에 세운 낙랑을 물리치는 일이다. 하지만 낙랑 공주를 생각하면 마음이 아프구나.'

호동 왕자는 깊은 고민에 빠졌다. 그리고 어렵게 한 장의 편지를 썼다.

"이 편지를 낙랑 공주에게 은밀히 전하여라."

호동 왕자는 하인을 통해 낙랑 공주에게 편지를 전했다. 편지를 받은 낙랑 공주는 긴장한 마음으로 편지를 읽어 내려갔다. 편지에는 '자명고'를 찢어 달라는 호동 왕자의 부탁이 담겨 있었다. 자명고는 낙랑에서 급한 일이 생길 때 치는 북이었다.

_* **삼국사기**: 고려 인종 23년에 김부식이 왕명에 따라 펴낸 역사책.

언어 1. 이 글에서 말한 자명고의 쓰임은 무엇인가요? (   )

① 낙랑의 전통 문화재이다.　　　　　② 잔치를 알릴 때 치는 북이다.

③ 군대에서 행군할 때 치는 북이다.　④ 아이들이 가지고 노는 작은 북이다.

⑤ 낙랑에 급한 일이 생길 때 치는 북이다.

사회 탐구 2. 고구려는 313년 미천왕 때 낙랑을 정복하였습니다. 다음 중 고구려와 관련된 내용이 아닌 것 두 가지를 고르세요. (   )

① 고구려를 세운 사람은 주몽이다.

② 온조가 위례성에 정착하여 세운 나라이다.

③ 풍부한 농산물과 철 생산을 바탕으로 낙동강 유역에서 크게 성장하였다.

④ 광개토 대왕 때 요동 지역과 만주 지역까지 진출하여 영토를 크게 넓혔다.

⑤ 백성의 마음을 하나로 모으기 위해 삼국 중 불교를 가장 먼저 받아들였다.

논술 3. 호동 왕자는 낙랑 공주에게 자명고를 찢어 달라고 부탁합니다. 여러분이 호동 왕자가 되어 낙랑 공주에게 설득하는 편지글을 써 보세요.

'사랑하는 호동 왕자의 부탁을 거절할 수도 없고 낙랑을 배신할 수도 없는데…….'

낙랑 공주는 긴 시간 고민하다 마침내 다짐하듯 일어섰다. 호동 왕자의 부탁을 들어주기로 마음먹은 것이다. 늦은 밤 낙랑 공주는 사람들의 눈을 피해 자명고가 있는 곳으로 갔다. 그리고 자기 가슴을 찢듯이 눈물을 흘리며 자명고를 찢었다.

낙랑 공주가 자명고를 찢자 호동 왕자는 고구려의 군사를 이끌고 낙랑을 공격했다. 갑작스러운 고구려의 공격에 낙랑은 당황했다. 게다가 자명고까지 찢어져 고구려의 공격을 나라 안에 빨리 알릴 수가 없었다. 낙랑은 고구려의 공격에 속수무책으로 당하고 말았다.

사랑하는 호동 왕자를 위해 나라를 배신한 낙랑 공주의 모습이 애처로우면서도 이 이야기를 통해 자명고와 같이 급한 소식을 전하는 통신이 얼마나 중요한지 알 수 있다.

다른 나라의 침입을 막는 것은 나라를 지키는 가장 중요한 일이다. 그래서 나라와 나라 사이의 경계인 국경선에는 항상 군인들을 배치해서 적의 공격을 살피게 했는데, 공격을 살피기만 해서는 아무 의미가 없다. 적의 침입을 나라 안의 군대와 궁궐로 빨리 알려야 조금이라도 빨리 적의 공격에 대비할 수 있기 때문이다.

1. 이 글에서 낙랑 공주가 자명고를 찢은 뒤에 일어난 일은 무엇인가요? (   )

① 자명고를 버렸다.   ② 자명고를 새로 만들었다.

③ 낙랑이 고구려를 공격했다.   ④ 고구려가 낙랑을 공격했다.

⑤ 호동 왕자가 고구려를 공격했다.

2. 이 글에서 공주의 모습이 애처롭다고 한 까닭을 바르게 설명한 친구는 누구인가요? (   )

① 호동 왕자와 사는 나라가 달라서 속상했을 거야.

② 하기 싫은 일을 억지로 하게 되어 속상했을 거야.

③ 자명고를 찢느라고 손이 매우 아팠을 거야.

④ 자명고를 앞으로 쓸 수 없게 되어서 속상했을 거야.

⑤ 사랑하는 사람을 위해 나라를 배신해야 한다는 사실에 마음이 아팠을 거야.

3. 이 글에서는 소식을 전하는 통신이 중요하다고 하였습니다. 통신이 중요한 까닭을 이 글의 내용을 바탕으로 써 보세요.

우리나라의 오랜 통신 수단에는 봉수가 있다. 통신은 빠르고 정확한 것이 무엇보다 중요한데, 봉수는 매우 빠른 통신 수단이라고 할 수 있었다. 높은 곳에서 불을 피워 신호를 보내기 때문에 거리가 멀어도 빠르게 소식을 전할 수 있다는 장점이 있었다.

봉수는 '봉(烽 봉화 봉)'과 '수(燧 부싯돌 수)'로 구분된다. 봉(烽)은 밤에 불꽃으로 신호를 보내는 것이다. 봉은 '거화(擧 들 거, 火 불 화)'라고도 했는데, 이것은 횃불을 켠다는 뜻이다. 횃불은 싸리나무 속에 관솔*을 넣은 뒤 불을 붙였다. 그러면 잘 타올라서 멀리서도 불빛이 보였다.

수(燧)는 낮에 연기를 피워 신호를 보내는 것이다. 낮에는 밝아서 불꽃이 잘 보이지 않기 때문에 연기를 피워 신호를 보냈다. 연기를 피우기 위해서는 섶나무*에 먼저 불을 붙이고 그 위에 이리의 똥을 올려 태웠다. 이리 똥을 태우면 연기가 위로 바로 올라가기 때문에 멀리서도 잘 보였다. 바람이 불어도 나무와 이리 똥을 태우면 연기가 쉽게 흩어지지 않고 곧게 올라갔다. 그래서 수를 '낭화(狼 이리 랑, 火 불 화)'라고도 했다.

봉수는 이렇게 때에 따라 알맞은 불 피우는 방법을 찾아 소식을 전했다. 하지만 비가 온다거나 바람이 심하게 부는 등 날씨의 영향을 받는 단점이 있었다. 신호를 빨리 전할 수는 있지만 정확도가 떨어지는 통신 수단이었던 것이다.

* 관솔: 송진이 많이 엉겨 불이 잘 붙는 소나무의 가지나 옹이.
* 섶나무: 잎나무, 풋나무 따위의 땔나무를 통틀어 이르는 말.

1. 이 글에서 설명하고 있는 것은 무엇인가요? (   )

① 봉수의 뜻   ② 봉수대의 구조
③ 봉수대의 크기   ④ 봉수대의 위치
⑤ 봉수대를 만드는 방법

 2. '봉'과 '수'에 대한 설명으로 알맞은 것끼리 줄로 이으세요.

2주 1일
학습 끝!

붙임 딱지 붙여요.

봉	•	•	낮	•	•	불꽃	•	•	낭화
수	•	•	밤	•	•	연기	•	•	거화

 3. 이 글에서 봉수는 날씨의 영향을 받는다고 했습니다. 다음 중 바람의 방향을 예측하는 방법이 <u>아닌</u> 것은 무엇인가요? (   )

① 태양의 위치를 살핀다.
② 연기가 흐르는 방향을 살핀다.
③ 깃발이 흔들리는 모양을 살핀다.
④ 나뭇잎들이 어느 쪽으로 휘날리는지 살핀다.
⑤ 잔디를 뜯어 떨어뜨리면서 날리는 모습을 살핀다.

 4. 이 글에서는 옛날의 통신 수단인 봉수에 대해 설명하고 있습니다. 봉수의 좋은 점과 나쁜 점은 무엇인지 써 보세요.

좋은 점	(1)
나쁜 점	(2)

49

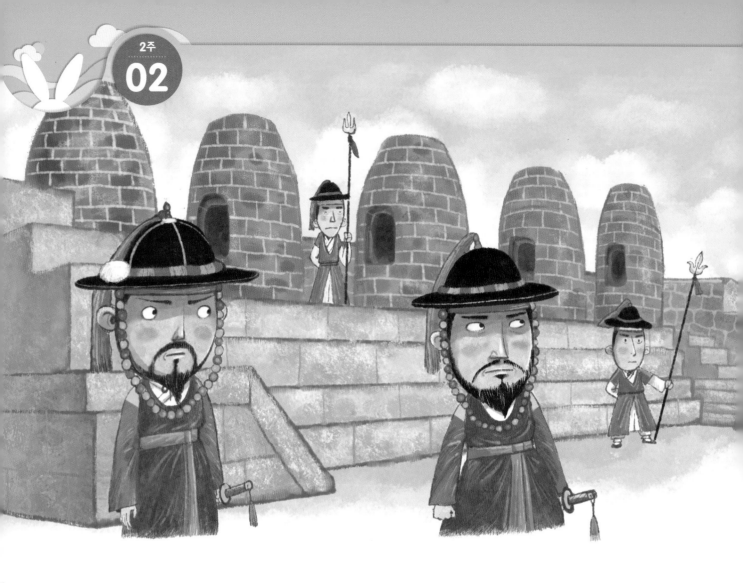

봉수를 피우는 곳은 주로 높은 산이었다. 그래야 멀리서도 산이나 나무에 가리지 않고 잘 보였기 때문이다.

불을 피우는 봉수대는 대체로 봉긋한 모양이었다. 봉수대의 모양을 자세히 살펴보면, 먼저 봉수대에서 불을 피우는 '연조'가 있다. 연조는 불을 피우는 아궁이인데, 봉수대 옆면의 네모난 구멍으로 나무를 넣어 불을 피웠다. 이렇게 나무가 불에 타면 그 연기는 위로 빠져나가게 된다. 봉수대마다 위로 연기가 피어오르도록 굴뚝을 뚫어 놓은 것이다. 이 굴뚝을 '연굴'이라고 한다.

봉수대의 앞쪽으로는 불이 번져 나가는 것을 막는 [*]방화벽을 쌓아 두었다. 봉수대가 주로 높은 산에 있었기 때문에 방화벽을 쌓아 화재를 미리 방지하려는 것이었다.

봉수대에는 봉수를 관리하고 불을 피우는 병사인 봉군을 배치했다. 봉수대 옆으로는 봉군이 머무는 막사도 함께 만들었다. 봉군은 이 막사에 머물며 밤낮으로 국경선을 지키고 상황에 맞추어 봉수를 피워 올렸다.

※ **방화벽**: 불이 번지는 것을 막기 위하여 불에 타지 아니하는 재료로 만들어 세운 벽.

사회 탐구 1. 다음은 봉수대의 구조입니다. 해당하는 부분의 이름을 이 글에서 찾아 각각 쓰세요.

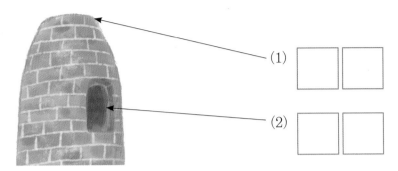

(1) ☐☐

(2) ☐☐

과학 탐구 2. 불을 피우려면 공기와 열기 그리고 탈 것이 필요합니다. 이와 반대로 불을 끌 때에는 이 중 한 가지를 없애면 됩니다. 다음 중 불을 끄는 방법이 <u>아닌</u> 것은 무엇인가요?

( )

① 종이를 덮는다.
② 물을 뿌려 온도를 내린다.
③ 두꺼운 이불로 공기를 차단한다.
④ 탈 것을 치워 불이 번지는 것을 막는다.
⑤ 촛불처럼 작은 불씨는 바람으로 온도를 내린다.

논술 3. 정확하고 신속한 봉수를 위해서는 봉수대를 관리하는 봉군의 역할이 무엇보다 중요합니다. 봉군은 어떤 마음가짐을 가져야 하는지 생각해 보고, 봉군에게 더 막중한 책임이 주어지는 까닭을 써 보세요.

봉수대는 다섯 개씩 짝을 이루고 있었다. 이것은 봉수대에서 피우는 불의 수에 따라 의미가 다르기 때문이었다.

먼저 봉수대 하나에 불을 피우는 것은 아무 일도 없음을 나타냈다. 그래서 봉수대에서는 한 개의 불이 항상 피어오르고 있었다. 그러다 평소와 다른 움직임이 보이면 불이 하나씩 늘어났다.

국경선을 살피다 적이 국경선 근처에 나타나면 불이 하나 늘어났다. 봉수대 두 개에 불을 피워 적이 나타났음을 알리는 것이다. 이때 봉군은 나타난 적의 움직임을 세밀하게 관찰했다. 만약 적이 점점 국경선 가까이 다가오면 봉수대에 불을 하나 더 피웠다. 불을 세 개 피워 긴급 상황임을 알리는 것이었다. 이쯤 되면 봉군의 움직임은 더욱 빨라졌다.

국경선으로 다가오던 적이 멈추지 않고 국경선을 넘어오면 이것은 적의 침입이었다. 봉수대의 불은 네 개가 피어올랐다. 이는 위급 상황을 알리는 것이었다. 그리고 적과 우리 군의 싸움이 벌어지게 되면 봉수대 다섯 개에 모두 불을 피워 전쟁이 시작되었음을 알렸다.

1. 봉수대에서 피우는 불의 수와 의미가 맞게 줄로 이으세요.

(1)  •

• ㉠ 적이 국경선을 넘어온다.

(2) •

• ㉡ 적이 국경선으로 점점 가까이 온다.

(3) •

• ㉢ 아무 일도 없다.

(4) •

• ㉣ 적과 우리 군의 싸움이 벌어졌다.

(5) •

• ㉤ 적이 국경선 근처에 나타났다.

 2. 다음 중 역사상 국경선을 가장 북쪽까지 넓힌 나라는 어느 것인가요? (　　　　)

① 조선　　　　② 신라　　　　③ 백제　　　　④ 고려　　　　⑤ 고구려

3. 여러분이 봉수대 네 개에서 연기가 피어오르는 것을 보았다면 어떻게 행동할지 상상해서 써 보세요.

봉수대는 적의 동태를 살펴서 불을 피우기 때문에 높은 산이나 국경선 근처에 있었다. 그중 가장 중요한 역할을 한 봉수는 국경선에 설치된 것이었다.

조선 시대에는 북쪽에서 적이 쳐들어오는 경우가 많았다. 그래서 북쪽 국경선을 따라 봉수대가 설치되었다. 이렇게 국경선에 설치된 봉수를 '연변 봉수'라고 했다. 연변 봉수는 봉수대 신호의 시작 지점이기도 했다. 국경선의 연변 봉수에서 보내는 봉수 신호는 한반도의 중심에 위치한 목멱산 봉수로 전해졌다. 목멱산은 지금의 남산으로, 한양 한가운데에 있어서 '중앙 봉수', '경봉수'라고도 불렸다.

국경선의 연변 봉수에서 보내는 신호가 목멱산의 중앙 봉수까지 전해지는 것은 그 사이에 내지 봉수들이 있었기 때문이다. 내지 봉수들은 국경선에서 보내오는 신호를 받아 중앙 봉수로 전했다. 이렇게 전해진 소식은 중앙 봉수에서 다시 내지 봉수를 통해 남쪽의 제주도까지 전해졌다. 전국이 북쪽 국경선에서 한양을 거쳐 남쪽 제주도까지 봉수로 연결되어 있었던 것이다.

이것은 오늘날 거미줄처럼 뻗어 있는 교통, 통신로와 크게 다르지 않았다. 조선 시대 한반도에는 곳곳에 봉수대를 설치하여 이처럼 소식을 주고받았다.

1. 봉수대는 전국 곳곳에 만들어졌습니다. 그중 에서 가장 중요한 봉수는 오른쪽 봉수 지도에서 ㉠에 설치된 것입니다. ㉠에 설치된 봉수의 이름을 이 글에 서 찾아 쓰세요.

2. 오른쪽의 봉수 지도에서 목멱산 봉수를 찾아 기호를 쓰세요.

3. ㉠에서 ㉡까지 봉수 신호가 전해지려면 중간 에서 다리 역할을 하는 봉수들이 필요합니다. 이런 봉 수의 이름을 이 글에서 찾아 쓰세요.

2주 2일
학습 끝!

붙임 딱지 붙여요.

4. 봉수 신호가 중간에 끊긴다면 어떤 일이 일어날까요? 적이 공격해 오는 상황에서 일어날 수 있는 일을 써 보세요.

OK

  하지만 시간이 지나면서 봉수의 역할이 점차 약해졌다. 실제로 임진왜란 때 봉수는 제구실을 하지 못했다. 왜적이 침입하는 나라의 위급 상황을 제대로 전달하지 못했던 것이다.

  당시 조선은 오랫동안 전쟁 없이 태평성대를 누렸다. 임금이나 관리들은 물론이고 백성들도 전쟁에 대비해야겠다는 생각을 하지 못했다. 전쟁에 대한 대비가 부족한 상황이다 보니 봉수에 대한 관심도 줄어들었다. 그 결과 봉수대의 관리와 준비가 매우 허술해졌고, 갑자기 왜적이 쳐들어오는 위급한 상황에도 제대로 소식을 주고받지 못했다.

  봉수 제도가 힘을 잃고 뒤이어 나타난 통신 수단은 파발이었다. 파발은 소식을 적은 문서를 사람이 직접 들고 가서 전하는 것이었다. 파발은 임진왜란 때 봉수 제도가 제구실을 하지 못하자 새롭게 도입된 통신 수단이었다. 임진왜란 당시 조선을 돕기 위해 들어온 명나라 군대는 파발로 빠르게 정보를 주고받고 있었다. 그 모습을 본 조선에서도 파발 제도를 받아들이기로 했다.

  이렇게 해서 파발은 1597년부터 조선의 공식적인 통신 수단이 되었다.

※ **임진왜란**: 조선 선조 25년(1502년)부터 31년(1598년)까지 2차에 걸쳐서 일본의 침입으로 일어난 전쟁.

사회 탐구 1. 조선 시대 때 봉수의 역할이 점차 약해진 원인은 무엇인가요? (   )

① 전쟁에서 이겨서   ② 전쟁으로 지쳐서

③ 전쟁에서 매번 져서   ④ 전쟁이 자주 일어나서

⑤ 오랫동안 전쟁이 없어서

사회 탐구 2. 통신에는 여러 가지 방법이 있습니다. 보기 에서 알맞은 통신 방법을 골라 기호를 쓰세요.

보기 ㉠ 직접 가는 방법   ㉡ 신호에 의한 방법
     ㉢ 우편 제도에 의한 방법   ㉣ 기계를 이용한 방법

(1) 인터넷을 이용한다. (   )

(2) 뛰어가서 문서를 전한다. (   )

(3) 말을 타고 가서 문서를 전한다. (   )

(4) 전보를 보내거나 소포를 보낸다. (   )

(5) 전화, 휴대 전화, 팩시밀리를 이용한다. (   )

(6) 봉수대에서 불이나 연기를 피워 올려 신호를 보낸다. (   )

논술 3. 임진왜란 당시 조선은 허술한 통신 수단 때문에 나라가 큰 어려움에 처했습니다. 통신 수단이 제대로 갖추어지지 않았을 때 사람들은 어떤 어려움을 겪을까요? 여러분에게는 어떤 불편함이 생길지 써 보세요.

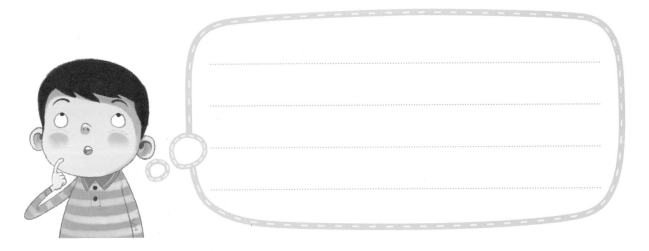

봉수 제도를 버리고 파발을 새로운 통신 수단으로 받아들인 것은 파발이 가진 장점 때문이었다. 파발은 문서로 소식을 전하기 때문에 봉수보다 정확한 소식을 주고받을 수 있었다. 그리고 특정한 사람에게만 소식을 바로 전할 수 있어서 비밀이 보장되는 장점이 있었다. 특히 군사 작전을 전할 때에 봉수로 소식을 전하면 작전이 새어 나갈 수도 있지만 파발로 소식을 전할 경우 적군은 볼 수 없었기 때문에 작전을 바꿔 가며 적을 공격할 수 있었다.

파발에서 소식을 전하는 사람은 '발군'이나 '파발병'이라고 했다. 파발병은 말을 타고 가거나, 직접 뛰어가서 소식을 전했다. 말을 타고 달리는 것을 '기발'이라고 하고, 사람이 발로 직접 달리는 것을 '보발'이라고 했다.

그런데 파발이 잘 이루어지기 위해서는 반드시 필요한 것이 있었다. 바로 잘 닦인 길이었다. 평평하면서도 보다 빨리 갈 수 있는 지름길을 이용하면 파발의 효과가 컸기 때문이다. 그래서 조선에서는 파발 제도를 실행하면서 파발이 지나는 길인 '파발로'를 닦는 데 힘을 쏟았다.

1. 파발이 봉수보다 좋은 점이 <u>아닌</u> 것 두 가지를 고르세요. (   )

① 적군도 작전을 알 수 있었다.

② 정확한 소식을 전할 수 있었다.

③ 비밀리에 작전을 전할 수 있었다.

④ 파발로를 만들려면 비용이 많이 들었다.

⑤ 소식을 전하고 싶은 사람에게만 전할 수 있었다.

 2. 오늘날 통신 수단의 발달로 인해 편리해진 생활 모습이 <u>아닌</u> 것은 무엇인가요?
(   )

① 개인 정보가 쉽게 노출될 수 있다.

② 서점에 가지 않고 인터넷을 이용하여 책을 주문할 수 있다.

③ 회사에 나가지 않고도 집에서 인터넷을 이용하여 일할 수 있다.

④ 화상 전화로 상대방의 얼굴 표정이나 행동을 보면서 대화를 나눌 수 있다.

⑤ 컴퓨터 원격 교육 시스템을 이용하여 먼 곳에 있는 사람과 함께 공부할 수 있다.

3. 파발이 잘 이루어지기 위해 나라에서는 파발로를 닦고, 파발병을 두었습니다. 이외에 파발을 잘 실시하기 위해서 무엇이 필요할지 보기 와 같이 써 보세요.

보기 파발병을 훈련시키는 것이 필요하다.

　파발로와 함께 필요한 것이 또 있었다. 아무리 급한 소식이라도 파발병이 쉬지 않고 계속 달릴 수는 없었다. 이때 필요한 곳이 '역참'이었다. 역참은 파발병이 쉬어 가거나 교대를 하는 곳이었다. 파발병들은 일정 거리를 이동하고 나면 역참에서 다른 파발병과 교대를 하거나 잠시 쉬었다가 계속 목적지로 향했다.

　파발 중 말을 타고 달리는 기발은 보통 10킬로미터마다 역참을 두었다. 말을 타고 10킬로미터를 달리고 역참에 들러 쉬거나 말을 바꾸어 타는 것이었다. 그래서 기발로 소식을 전하는 데는 비용이 많이 들었다. 교대해야 할 말도 많아야 하고, 역참마다 사람을 두어 파발병과 말을 보살피도록 했기 때문이다.

　따라서 조선 시대에는 통신 비용을 줄이기 위해 중요하고 긴급한 상황일 때에만 기발을 이용했다. 그렇다면 어떤 경우 기발이 이용되었을까? 조선 시대에는 북쪽 국경선 근처에 있는 다른 민족의 상황을 살피는 일과 중국과 소식을 주고받는 일이 중요했다. 그래서 북쪽 국경선과 가까운 의주와 조선의 수도인 한양 사이에만 말이 달릴 수 있는 파발로를 두어 기발로 소식을 주고받았다.

🐰 **사회탐구** 1. 이 글을 통해서 파발의 두 가지 종류를 알 수 있습니다. 파발의 종류에 알맞은 그림과 상황을 줄로 이으세요.

보발 •

긴급할 때 •

기발 •

보통 때 •

2주 3일 학습 끝!

붙임 딱지 붙여요.

🐰 **과학탐구** 2. 속력은 이동 거리를 이동 시간으로 나누어 일정 시간 동안 이동한 거리를 나타냅니다. 10킬로미터를 가는 데 두 시간이 걸렸다면 한 시간에 5킬로미터를 이동한 것이므로 속력은 시속 5킬로미터라고 할 수 있지요. 다음 중 속력이 가장 빠른 사람은 누구인가요?

( )

① 수아는 두 시간에 2킬로미터를 갔다.   ② 민지는 두 시간에 4킬로미터를 갔다.

③ 정현이는 두 시간에 6킬로미터를 갔다.   ④ 수철이는 두 시간에 8킬로미터를 갔다.

⑤ 용석이는 두 시간에 12킬로미터를 갔다.

🐰 **논술** 3. 파발로가 만들어지면 그 주위에는 마을이 생겼다고 합니다. 파발로 주위에 마을이 생기는 까닭을 써 보세요.

의주와 한양을 오가는 파발병들은 누구보다 빨리 오가며 소식을 전하려 했다. 하지만 그 거리가 결코 짧지 않았다. 의주에서 한양까지 가는 길에는 41개의 역참이 있었다. 기발의 경우에는 역참과 역참 사이의 거리가 약 10킬로미터였는데, 말을 타고 그 거리를 가는 데 약 15분이 걸렸다고 한다. 실제로 당시 기발병이 의주에서 한양으로 소식을 전하는 데 중간에 말을 바꾸고 쉬어 가는 시간까지 포함하면 꼬박 이틀이 걸렸다고 한다.

이때 기발로 소식을 전하는 파발병이 꼭 지녀야 할 것이 있었다. 바로 말이 그려져 있는 마패였다. 마패는 흔히 암행어사의 신분증으로 알고 있지만, 마패에 그려져 있는 말은 역참에서 말을 갈아탈 수 있다는 표시였다. 마패를 이용해 파발병은 역참에서 말을 갈아탈 수 있었고, 암행어사같이 지방을 다니는 관리도 역참에서 말을 이용할 수 있었다. 그러니까 마패는 암행어사의 신분증이 아니라, 암행어사나 파발병이 말을 갈아탈 수 있는 통행증인 셈이었다.

조선에서는 이렇게 파발 제도를 시행하면서 마패를 만들어 사용하게 함으로써 보다 체계적인 통신 제도를 만들고자 하였다.

※ **암행어사**: 조선 시대에 임금의 특명을 받아 지방관의 잘못이나 백성의 어려움을 살펴서 개선하는 일을 맡아 하던 임시 벼슬.

사회
탐구 1. 옛이야기에는 암행어사가 마패를 들고 등장하곤 합니다. 실제 마패는 어떤 물건이 었나요? (   )

① 길을 막는 표시

② 말을 키울 수 있는 표시

③ 밤길을 갈 수 있는 허가증

④ 역참에서 밥을 먹을 수 있는 식권

⑤ 역참에서 말을 갈아탈 수 있는 표시

▲ 마패

사회
탐구 2. 조선 시대에 암행어사라는 관리를 따로 둔 까닭은 무엇인가요? (   )

① 도둑을 잡기 위해

② 관리를 늘리기 위해

③ 지방 문화 활성화를 위해

④ 지방을 돌아다니며 소문을 전하기 위해

⑤ 지방의 사정을 두루두루 살펴서 임금에게 보고하기 위해

논술 3. 오늘날 고속 도로와 철도가 곳곳에 놓이면서 우리나라는 하루에 전국 어느 곳이라 도 오갈 수 있는 '1일 생활권'이 되었습니다. 이렇게 교통이 발달하면 좋은 점을 보기 처럼 써 보세요.

> 보기 먼 곳에서 열리는 공연을 손쉽게 볼 수 있고, 여러 지역을 편리하게 여행할 수 있어 서 다양한 문화를 경험할 수 있는 기회가 많이 생긴다.

두 번째 파발의 종류는 발로 뛰는 '보발'이다. 사람이 직접 달려가 소식을 전하기 때문에 보발은 달리기를 잘하는 파발병들이 하곤 했다. 약 10킬로미터마다 역참을 두었던 기발과 달리 보발은 약 12킬로미터마다 역참이 있었다. 보발병은 약 12킬로미터를 달리다가 역참에서 교대를 하거나 쉬었다.

우리나라 파발로 중 보발을 하던 곳은 서울과 경흥을 잇는 북로와 서울과 동래를 잇는 남로였다. 이곳은 국경선보다는 적의 침입이 드물어서 보발로 소식을 전했다.

보발병들은 보통 한 역참을 지나는 데 세 시간이 걸렸다. 12킬로미터를 아무리 빨리 뛰고 걷는다 해도 그 정도 시간은 필요했을 것이다. 하지만 사람들은 파발병이 더 빨리 달리기를 원했던 모양이다. 이런 상황을 빗대어 생겨난 말이 '한참 걸렸다'이다. 사람들은 오랜 시간이 걸렸다는 말을 할 때 파발병이 쉬어 가던 '역참'을 떠올리며 '한참 걸렸다'고 말하곤 한다. 이것은 봉수에 비해 그 전달 속도가 느린 파발에 대한 안타까움이 담긴 말이라고도 할 수 있다. 파발은 정확한 소식을 주고받는 장점이 있었지만 시간이 오래 걸리는 것과 소식을 주고받는 데 비용이 많이 든다는 단점이 있었다.

1. 보발에 대한 설명으로 알맞지 않은 것을 모두 고르세요. (   )

① 말을 타고 가서 소식을 전했다.
② 약 12킬로미터마다 역참이 있었다.
③ 보통 한 참을 지나는 데 다섯 시간이 걸렸다.
④ 보발을 주로 하던 곳은 북로와 남로였다.
⑤ 적의 침입이 빈번한 곳에 보발을 이용하였다.

 2. 다음 밑줄 그은 문장을 넣어 짧은 글을 지어 보세요.

> 사람들은 오랜 시간이 걸렸다는 말을 할 때 파발병이 쉬어 가던 '역참'을 떠올리며 '한참 걸렸다'고 말하곤 한다.

3. 마라톤 전투에서 그리스가 페르시아에 승리하자 한 병사가 약 40킬로미터를 쉬지 않고 달려가서 고국 사람들에게 승리의 소식을 전하고 그 자리에 쓰러져 죽었습니다. 승리의 소식을 전하고 숨을 거둔 병사에게 해 주고 싶은 말을 써 보세요.

　지금까지 우리나라의 옛 통신 수단이었던 봉수와 파발에 대해 알아보았다. 이 밖에도 우리나라의 통신 수단에는 신호 연과 신기전이 있었다.

　신호 연은 통신을 위해 특별히 만들어진 연이었다. 연에 미리 약속한 신호를 그려 넣어 하늘로 띄워 소식을 전하는 것이었다. 바람에 연을 날리는 것이기 때문에 정확성은 떨어졌지만 언제 어디서나 간편하고 빠르게 소식을 전한다는 장점이 있었다.

　신기전은 화약이 발명되면서 사용된 통신 수단이었다. 로켓포처럼 활을 쏘는 신기전은 무기뿐 아니라 통신 수단으로도 유용하게 쓰였다. 신기전으로 쏜 화살의 수, 화살의 방향은 모두 미리 약속해 둔 신호가 되었다. 또 발사하는 시간, 화살에서 뿜어내는 연기의 색깔도 신호가 되어 소식을 전할 수 있었다. 이렇게 우리 조상들은 다양한 방법으로 더 빠르고 정확하게 소식을 주고받기 위해 노력했다.

　이후 우리나라의 통신 수단은 더욱 발전하여 우편과 전화가 도입되었다. 나라에서 우정국을 세워 체계적인 우편 제도를 만들었고, 서양에서 들여온 전화는 더 빠르고 간편하게 소식을 주고받을 수 있게 했다. 이후에도 휴대 전화와 인터넷으로 인해 통신 수단이 매우 빠르게 발전했다.

사회 탐구 1. 이 글에서 말한 신기전은 무엇인가요? (   )

▲ 신기전

① 신호를 연에 그려 띄우는 것
② 화살을 쏘아 소식을 전하는 것
③ 말을 타고 가서 소식을 전하는 것
④ 사람이 직접 소식을 전하러 가는 것
⑤ 높은 산에서 연기를 피워 올려 소식을 전하는 것

 사회 탐구 2. 다음 중 오늘날의 통신 수단이 <u>아닌</u> 것은 어느 것인가요? (   )

① 화살을 쏘아 소식을 전한다.
② 인터넷을 통해 소식을 주고받거나 물건을 구입한다.
③ 집에서 전화를 하거나 이동 중에 휴대 전화로 통화를 한다.
④ 통신 위성으로 먼 나라에서 열리는 경기를 보거나 소식을 주고받는다.
⑤ 화상 회의 시스템을 이용하여 먼 곳에 있는 사람과 의견을 주고받는다.

2주 4일
학습 끝!

붙임 딱지 붙여요.

 논술 3. 오늘날의 통신은 휴대 전화 사용으로 인해 더욱 편리해졌어요. 휴대 전화의 발달은 과거에 비해 생활을 어떻게 변화시켰는지 써 보세요.

Ⅰ 다음 통신 수단 중 조선 시대 때 가장 정확하게 소식을 전하였던 것은 어느 것인가요?

( )

① 신기전 　　　 ② 신호 연 　　　 ③ 봉수 　　　 ④ 파발 　　　 ⑤ 인터넷

2 이 글에 나온 통신 수단에 대한 설명입니다. 내용이 맞으면 ○표를, 틀리면 ✕표를 하세요.

⑴ 우리나라에는 말이 없어서 보발만 이용했다. ( )

⑵ 국경선에는 가장 중요한 봉수대를 세워 두었다. ( )

⑶ 봉수는 파발보다 빠르게 소식을 전할 수 있었다. ( )

⑷ 파발은 봉수에 비해 빠르고 경제적인 통신 수단이었다. ( )

⑸ 신기전은 연에 미리 약속한 신호를 그려 넣은 뒤 하늘로 띄워 올려 소식을 알리는 통신 수단
이었다. ( )

3 다음 그림처럼 적이 우리나라의 국경선을 넘고 있다면 봉수대를 지키는 봉군들은 다급하게
움직입니다. ㉠, ㉡에 들어갈 알맞은 말을 써 보세요.

적이 국경선을 넘는 것은 국가의 위급한 상황이다. 봉
수대를 지키는 봉군들은 그것을 보고 서둘러 불을 피웠
다. 모두 (㉠)의 봉수대에서 연기가 피어올랐다.
낮에는 불빛이 잘 보이지 않기 때문에 연기를 피우는
데, 연기가 곧게 피어오르도록 섶나무 위에 (㉡)을
올려 함께 태웠다.

㉠ ( ) ㉡ ( )

4 다음은 조선 시대에 사용되었던 다양한 통신 수단입니다. 그림에 알맞은 통신 수단의 이름을
보기 에서 찾아 써넣으세요.

보기   신기전   신호 연   파발   봉수

(1) (   )

(2) (   )

(3) (   )

(4) (   )

5 파발 제도는 나라의 중요한 일을 빠르게 전하기 위한 제도였으나 나중에는 개인적으로 이용
하는 일이 많이 생기면서 큰 문제가 되었습니다. 이렇게 나라의 중요한 일을 하기 위하여 만든
파발 제도를 개인적인 목적으로 이용하는 사람들에게 충고하는 말을 써 보세요.

최초의 전화와 휴대 전화

옛날 사람들은 급한 소식을 보다 빠르고 정확하게 전하기 위하여 여러 가지 통신 수단을 사용했어요. 하지만 요즘처럼 집에 앉아서 외국에 있는 사람과 전화 통화를 하는 것은 상상도 할 수 없었지요. 그럼 이 놀라운 전화는 언제부터 사용하기 시작했을까요?

덕수궁에 처음 설치된 전화

우리나라에 처음으로 전화가 설치된 것은 1896년 1월이에요. 고종 황제가 대신들에게 명령을 내리기 위해, 머물고 계시던 덕수궁에 전화를 설치한 것이지요. 덕수궁 함녕전의 대청마루에 전화기가 설치되자 고종 황제는 필요할 때마다 전화기로 대신들에게 지시를 내렸어요. 이 전화는 벽시계처럼 벽에 고정시킨 자석식 교환기로, 송수화기가 분리된 형태였다고 해요.

▲ 자석식 교환기

마마, 엎드려 전화 받았사옵니다!

고종 황제의 전화를 받을 때면 관리들은 비록 고종 황제가 눈앞에 없더라도 예를 다해서 전화를 받았어요. 전화를 받기 전에 관리들은 황제를 대하듯 먼저 절을 하고 전화기를 두 손으로 받쳐 들고 받았지요. 고종 황제가 돌아가시고 나서는 고종 황제와 명성 황후가 묻힌 남양주 홍릉에 전화가 설치되었어요. 이 전화로 순종 황제가 아침마다 전화를 걸어 죽은 아버지를 위해 곡을 했답니다.

백범의 목숨을 살린 한 통의 전화

명성 황후가 죽임을 당한 뒤 한 청년이 국모의 억울한 죽음을 갚기 위해 일본인 육군 중위를 죽였어요. 이 청년은 붙잡혀 인천 감옥에 수감되었고 곧 사형 선고를 받았지요. 그 사실을 들은 고종 황제는 당장 인천 감리를 전화로 불러 사형 집행을 중지시켰어요. 고종 황제의 전화로 목숨을 건진 청년의 이름은 백범 김구였답니다.

빠르게 늘어나는 전화

1902년 3월 20일 최초의 공중용 전화가 개설된 이후 이용자가 점차 늘어나 같은 해 5월에는 서울과 개성 간에 전화가 개통되었어요. 6월에는 한성(서울) 전화소에서 시내 교환 전화를 개시했지요. 당시 전화 통화를 하기 위해서는 전화소에 있는 교환원에게 상대방의 전화번호와 이름을 알려 주고 통화가 연결되기를 기다려야 했어요. 1928년 우리나라에는 1000명에 1.5대의 전화기가 있었어요. 물론 이때도 전화는 구경조차 쉽지 않은 물건이었지요. 전화가 마을에 한두 대뿐이던 시절에는 한 집의 전화가 마을 대표 전화였어요. 전화기가 있던 집을 통해 서로의 급한 소식을 주고받았던 것이지요. 이렇게 사람들은 편리한 전화의 매력에 빠져들었고 전화의 수는 급속도로 늘어났어요. 너도나도 집에 전화기를 설치하려고 하자 전화기를 설치하는 데 1년 이상 순서를 기다리는 일도 있었어요. 이런 과정을 거쳐 이제는 집집마다 전화가 설치되었지요.

더 빠르고 자유로운 휴대 전화

전화의 증가 속도보다 더 빠르게 늘어난 것은 휴대 전화예요. 우리나라에서 휴대 전화를 쓰기 시작한 것은 1984년 3월부터랍니다. 이때에는 전화기를 차에 달아 이동 중에 연락을 할 수 있게 했어요. 그러다가 더 발전하여 사람이 전화기를 들고 다니며 통화할 수 있게 되었는데 당시 전화기는 웬만한 필통만큼 컸어요. 휴대 전화의 발달이 이어지면

▲ 스마트폰

서 휴대 전화는 더 작고 여러 가지 기능을 가지게 되었고, 더 많은 사람들이 필수품으로 사용하게 되었어요. 휴대 전화 안에 컴퓨터 기능까지 더해진 스마트폰으로 언제 어디서든 정보를 얻을 수 있게 되었지요.

🖉 근대에 이르러 나타난 통신 수단으로 전화가 있습니다. 우리나라 최초의 전화기는 어디에 처음 설치되었나요?

우리 이야기 좀 나눠요

오늘날에는 통신이 발달하여 다양한 통신 수단이 이용되고 있습니다. 전화와 인터넷에 이어 페이스북, 트위터 등 사람들이 서로의 생각을 주고받을 수 있는 다양한 방법들이 등장하였습니다. 다음 보기 는 사람들이 트위터로 주고받은 이야기 중 일부입니다. 여러분도 다음에 주어진 누군가의 트위터에 재치 있게 답글을 써 보세요.

보기

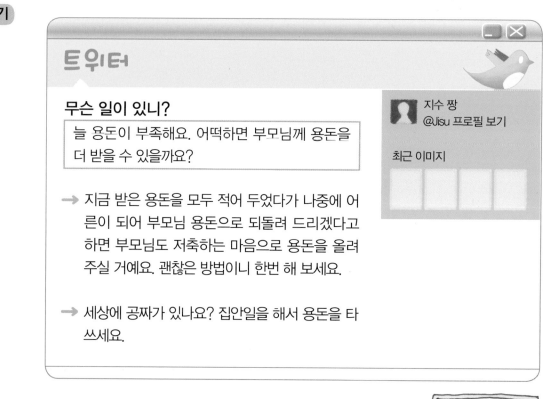

트위터

무슨 일이 있니?

늘 용돈이 부족해요. 어떡하면 부모님께 용돈을 더 받을 수 있을까요?

→ 지금 받은 용돈을 모두 적어 두었다가 나중에 어른이 되어 부모님 용돈으로 되돌려 드리겠다고 하면 부모님도 저축하는 마음으로 용돈을 올려 주실 거예요. 괜찮은 방법이니 한번 해 보세요.

→ 세상에 공짜가 있나요? 집안일을 해서 용돈을 타 쓰세요.

지수 짱
@Jisu 프로필 보기

최근 이미지

2주 학습 끝!

확인할 내용	잘함	보통임	부족함
1. 이번 주 학습을 5일(월요일~금요일) 안에 끝마쳤나요?			
2. 봉수 제도에 대해 잘 이해하였나요?			
3. 파발 제도에 대해 잘 이해하였나요?			
4. 우리나라 통신 수단의 발달에 대해 설명을 잘할 수 있나요?			

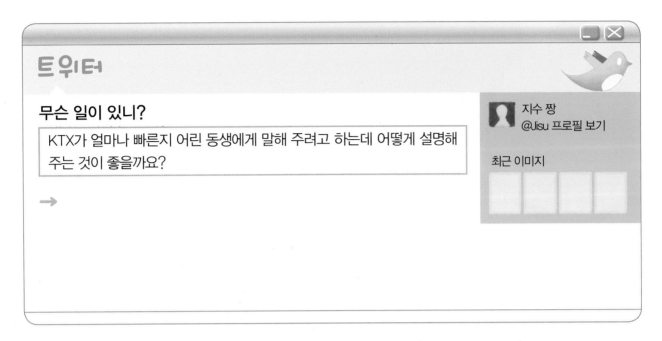

트위터

무슨 일이 있니?

KTX가 얼마나 빠른지 어린 동생에게 말해 주려고 하는데 어떻게 설명해 주는 것이 좋을까요?

→

지수 짱
@Jisu 프로필 보기

최근 이미지

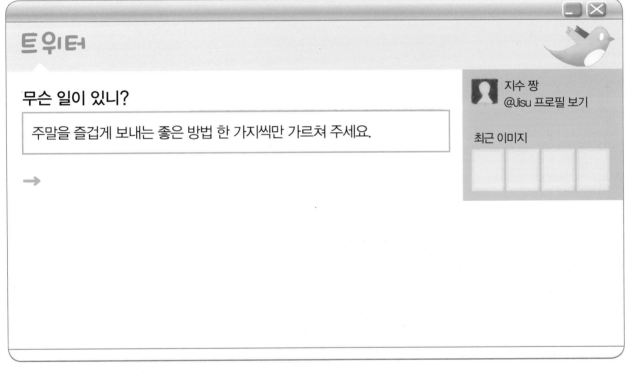

트위터

무슨 일이 있니?

주말을 즐겁게 보내는 좋은 방법 한 가지씩만 가르쳐 주세요.

→

지수 짱
@Jisu 프로필 보기

최근 이미지

2주 5일
학습 끝!

붙임 딱지 붙여요.

전하는 말

3주

컴퓨터와 인터넷 세상

생각톡톡 전 세계의 컴퓨터가 서로 연결되어 정보를 교환할 수 있는 거대한 컴퓨터 통신망을 무엇이라고 하는지 보기 에서 찾아 쓰세요.

보기 스마트폰 사이트 홈페이지 인터넷

(   )

관련교과 [국어 5-2] 누리 소통망의 특징을 알고, 예절을 지키며 누리 소통망으로 대화하기
[과학 6-2] 전기가 통하는 물체와 통하지 않는 물체 알아보기

컴퓨터와 인터넷 세상

"난 스마트폰이야. 나처럼 멋진 전화기 봤니?"

안녕? 난 스마트폰이야. 멋진 전화기라고?

그래, 난 멋진 전화기이면서 똑똑한 컴퓨터야. 사람들은 나를 그저 평범한 전화기로 볼 때가 많지만 실제로 난 컴퓨터야. 전화도 할 수 있는 컴퓨터!

컴퓨터가 너무 작아서 이상하다고? 아마도 사람들은 내가 나오기 전에 커다란 컴퓨터를 사용했던 모양이야. 그래서 큰 컴퓨터에 익숙한 것이지. 옛날 컴퓨터는 도대체 얼마나 컸던 걸까?

난 똑똑한 컴퓨터니까 그런 것쯤은 간단히 알아낼 수 있어. 나의 조상* 컴퓨터들을 만나 보면 알 수 있거든.

나를 비롯한 컴퓨터의 역사는 70여 년이 되어 가고 있어. 그동안 컴퓨터가 얼마나 변화해 왔는지 처음으로 만들어진 컴퓨터를 만나러 가 보자.

어떻게 만나러 갈 거냐고? 타임머신이라도 타고 가냐고?

하하, 최초의 컴퓨터를 찾는 일이 꽤 어려울 것이라고 생각하는 모양이구나.

그렇다면 걱정 마. 난 스마트폰이라고 했잖아. 나를 이용해서 인터넷 검색을 하면 최초의 컴퓨터를 쉽게 찾을 수 있어. 자, 그럼 만나러 가 볼까?

* 조상: 돌아간 어버이 위로 대대의 어른.

 언어

1. 다음 중 사람들이 스마트폰을 처음 보고 컴퓨터라고 생각하지 <u>않은</u> 까닭은 무엇인 가요? (　　　)

① 컴퓨터라기에는 너무 커서　　　　② 컴퓨터라기에는 너무 작아서

③ 컴퓨터라기에는 너무 비싸서　　　④ 컴퓨터라기에는 매우 예뻐서

⑤ 컴퓨터라기에는 너무 무거워서

 사회 탐구

2. 과학 기술의 발달이 우리 사회에 미치는 긍정적인 사례가 <u>아닌</u> 것은 무엇인가요?

(　　　)

① 컴퓨터로 집 안에서도 다양한 정보를 얻게 되었다.

② 사람들의 수고를 덜어 줄 많은 기계가 발명되었다.

③ 과거에는 치료가 어려웠던 병을 치료할 수 있게 되었다.

④ 유전자 복제 기술로 생명 윤리를 경시하는 풍조가 나타났다.

⑤ 지구 환경을 살릴 수 있는 새로운 대체 에너지들이 개발되었다.

논술

3. 70여 년의 세월 동안 컴퓨터가 모양이나 기능 면에서 크게 발전한 것처럼 우리 주변에는 생활을 편리하게 해 주는 과학 발명품이 많습니다. 그중 한 가지를 정하여 그것이 발전해 온 과정을 쓰고, 앞으로 어떤 모습으로 더 발전할지 써 보세요.

77

"여기에 최초의 컴퓨터가 있을 텐데……."

"나를 찾는 거니?"

이 소리가 어디서 들리는 거지? 난 열심히 주위를 살폈어.

"꼬맹아, 고개를 조금 더 높이 들어 보렴. 그럼 내가 보일 거야."

"꼬맹이라고? 누가 감히 나를 그렇게 부르는 거지?"

나는 고개를 들고 위를 올려다보았어. 거기에는 커다란, 정말 커다란 물체가 있었어.

"안녕? 난 에니악이야."

에니악? 그렇다면 내가 찾는 그 최초의 컴퓨터잖아. 난 드디어 나의 조상을 만났어. 그것도 첫 번째 조상을 말이야.

에니악은 정말 컸어. 옛날 컴퓨터가 클 것이라고 예상은 했지만 이렇게 클 줄은 몰랐어. 에니악은 나보다 천배, 만 배나 컸어. 교실에 가득 찰 정도였으니까.

"나는 1946년에 미국에서 태어났어. 많은 사람들이 나를 최초의 컴퓨터라고 말하지. 사실 나랑 비슷한 기계가 먼저 만들어지기도 했지만 요즘 컴퓨터에 비하면 그냥 계산기 같아서 컴퓨터라고 부르기가 어색했나 봐. 그래서 다들 나를 최초의 컴퓨터로 부르더구나."

에니악이 나를 내려다보며 말했어.

사회탐구 1. 에니악에 대한 설명으로 알맞지 <u>않은</u> 것은 무엇인가요? (   )

① 크기가 아주 작다.　　　　　　　② 1946년에 만들어졌다.

③ 최초의 컴퓨터로 불린다.　　　　④ 미국에서 최초로 만들었다.

⑤ 교실에 가득 찰 정도의 크기이다.

사회탐구 2. 이 글에서는 최초의 컴퓨터에 대해 이야기하고 있습니다. 다음 중 인류의 역사상 최초가 <u>아닌</u> 것 두 가지를 고르세요. (   )

①

달에 최초로 발을 내디딘
우주인은 이소연이다.

②

최초로 남극점을 정복한
사람은 아문센이다.

③
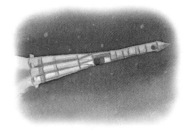

달에 최초로 우주선을 보낸
나라는 소련이다.

④

세계 최초로 비행에 성공한
사람은 에디슨이다.

논술 3. 스마트폰은 자신의 조상인 최초의 컴퓨터를 만납니다. 역사에는 늘 최초가 기록되곤 하는데, '최초'에는 어떤 의미가 담겨 있는지 써 보세요.

"그런데 너는 정말 작구나. 네 소리를 듣지 못했다면 나는 너를 보지도 못했을 거야. 너와는 달리 나의 몸집은 교실만큼 커. 그래서 몸무게도 30톤이나 된단다."

에니악은 몸집과 달리 친절하게 자기소개를 했어.

"우아, 정말 대단하다. 몸집이 이렇게 크니 성능도 대단하겠는걸?"

"나는 사람이 일곱 시간 동안 계산해야 하는 것을 3초 만에 계산해 낼 수 있어."

"그리고 또 뭘 할 수 있어?"

내가 다시 묻자 에니악은 그저 멍하니 나를 쳐다보기만 했어. 에니악의 능력은 그 정도였던 거야. 컴퓨터라기보다는 여전히 계산기에 가까웠지. 하지만 당시로서는 분명히 놀라운 능력이었을 거야.

잠시 뒤, 에니악이 열을 내뿜기 시작했어.

"에니악, 괜찮아?"

"내 몸 안에 있는 진공관이 열을 받아서 그래. 조금 쉬면 괜찮아져."

에니악의 몸은 1만 8000여 개의 진공관으로 만들어졌어. 진공관은 전구처럼 생겼는데, 여기에서 전력을 만들지. 진공관에서 만든 전력이 에니악을 작동하게 하는 거야. 그래서 오래 사용하게 되면 열을 많이 내서 몸이 뜨거워진단다.

※ 진공관: 유리나 금속 따위의 용기에 몇 개의 전극을 넣어 내부를 높은 진공 상태로 만든 전자관.

사회
탐구 1. 최초의 컴퓨터 에니악은 빠른 계산 능력을 가지고 있었어요. 다음 중 옛사람들이 빠른 계산을 위해 사용한 도구는 어느 것인가요? (   )

①
마패

②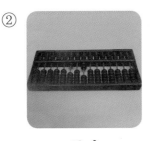
주판

③
열기구

④
자격루

사회
탐구 2. 이 글에서 에니악이 컴퓨터라기보다는 계산기에 가깝다고 한 까닭은 무엇인가요?
(   )

① 크기가 커서　　　　　　　　　② 최초의 컴퓨터라서
③ 진공관으로 만들어서　　　　　④ 오래 쓰면 뜨거워져서
⑤ 계산 기능밖에 없어서

3주 1일
학습 끝!

붙임 딱지 붙여요.

논술 3. 오늘날에는 남녀노소 모두 컴퓨터를 사용하고 있습니다. 우리나라 전체가 하루 동안 컴퓨터를 사용할 수 없게 된다면 어떤 일이 일어날지 상상해서 써 보세요.

"제2세대 컴퓨터
에니악보다 100배 빠름!"

다음으로 찾아갈 시대는 1950년대 후반이야. 이때 만들어진 컴퓨터를 제2세대 컴퓨터라고 해. 에니악이 진공관으로 만들어져 컴퓨터의 시작을 알렸다면, 제2세대 컴퓨터는 트랜지스터를 이용해서 만들었지. 컴퓨터가 점점 발전하게 된 거야.

"안녕? 난 트랜지스터가 달린 제2세대 컴퓨터야."

"트랜지스터? 그게 뭐지?"

"네가 스마트폰이라서 똑똑한 줄 알았는데, 별로 똑똑하지 않구나."

제2세대 컴퓨터가 씽긋 웃으며 말했어.

"이전의 컴퓨터와 달리 나한테는 반도체 성질을 이용한 트랜지스터가 달려 있어. 반도체는 전기가 통하기도 하고, 통하지 않기도 하는 성질이 있어. 그 성질을 이용해서 전기를 일으키면 진공관을 이용한 것보다 훨씬 경제적인 컴퓨터를 만들 수 있어. 트랜지스터란 이렇게 반도체 성질을 이용해서 전기를 일으키는 부품이야."

에니악에 비해 제2세대 컴퓨터는 정말 놀라운 발전을 이룬 셈이야.

"나 같은 제2세대 컴퓨터의 속도는 에니악보다 무려 100배나 빨라. 보다시피 크기도 엄청 작아졌고."

제2세대 컴퓨터는 자부심이 대단했어.

※ **반도체**: 낮은 온도에서는 기의 전기가 통하지 않으나 높은 온도에서는 전기가 잘 통하는 물질.

1. 제2세대 컴퓨터에 대한 설명으로 알맞지 <u>않은</u> 것은 무엇인가요? (   )

① 에니악보다 가볍다.　　　　　② 에니악보다 무겁다.

③ 트랜지스터가 달려 있다.　　　④ 에니악보다 크기가 작다.

⑤ 에니악보다 계산 속도가 빠르다.

2. 반도체는 전기가 통하기도 하고, 통하지 않기도 하는 성질을 가지고 있습니다. 보기 의 물체에 전류를 통했을 때 전기가 통하는 것과 통하지 않는 것으로 분류해 보세요.

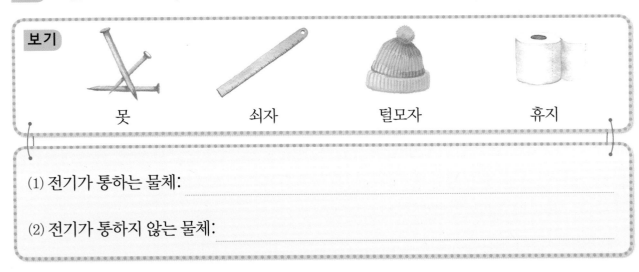

보기　　　못　　　쇠자　　　털모자　　　휴지

(1) 전기가 통하는 물체:

(2) 전기가 통하지 않는 물체:

3. 이 글에서 제2세대 컴퓨터는 에니악보다 발전된 성능을 자랑하고 있습니다. 여러분은 남보다 뛰어난 점이 무엇인지 상대방에게 자랑하는 글을 써 보세요.

읽은 날짜 　월　일

83

여기는 1964년부터 1970년대 중반의 기계들이 모여 있는 곳이야. 내가 이곳에 온 이유는 제3세대 컴퓨터를 만나기 위해서야. 컴퓨터의 세대가 제3세대로 바뀐 것을 보니 이번에도 엄청난 발전을 이룬 것이 분명해.

"그것참, 똑똑한 추리로구나."

에니악과 제2세대 컴퓨터보다 날렵한 모양의 컴퓨터가 말했어.

"내가 바로 네가 찾는 제3세대 컴퓨터야."

이번에는 뭐가 달라진 것인지 나는 제3세대 컴퓨터를 뚫어져라 들여다보았어.

"내가 이렇게 날렵한 것은 모두 집적 회로 때문이야. 나는 집적 회로를 이용해 만들었거 든. 집적 회로란 많은 전기 회로가 하나의 작은 칩에 결합되어 있는 것을 말해. 나의 집적 회로에는 100개가 넘는 트랜지스터가 모여 있어."

"집적 회로 하나에 100개가 넘는 트랜지스터가 모여 있다고?"

"그래, 그렇기 때문에 아주 많은 양의 일을 할 수 있어. 계산 속도도 예전과는 비교가 안 될 정도로 빨라졌지."

10년 사이에 이렇게 달라지다니 컴퓨터의 발전은 놀라울 정도야. 그럼 이제 속도를 내서 제4세대 컴퓨터를 찾아 떠나 볼까?

※ **칩**: 전기 회로 부분을 넣어 두는 케이스

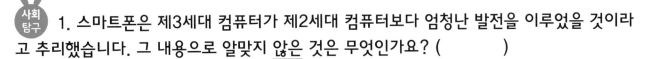

🐰 **사회 탐구** 1. 스마트폰은 제3세대 컴퓨터가 제2세대 컴퓨터보다 엄청난 발전을 이루었을 것이라고 추리했습니다. 그 내용으로 알맞지 <u>않은</u> 것은 무엇인가요? (   )

① 모양이 더 날렵하다.   ② 집적 회로로 만들었다.

③ 진공관으로 만들었다.   ④ 제2세대 컴퓨터보다 계산 속도가 빠르다.

⑤ 제2세대 컴퓨터보다 많은 일을 할 수 있다.

🐰 **사회 탐구** 2. 오늘날에는 컴퓨터와 같은 첨단 기술 제품들이 계속 등장하고 있습니다. 다음은 첨단 기술 제품들의 장단점입니다. 빈칸에 들어갈 알맞은 내용을 써 보세요.

제품	장점	단점
컴퓨터	새로운 정보를 얻거나 문서 작업, 게임 등을 할 수 있다.	(1)
로봇	사람이 하기 힘든 일이나 정교한 일을 대신하여 해 준다.	(2)
화상 전화	(3)	개인 생활이 침범당할 수 있다.

🐰 **논술** 3. 기술 발전에 따라 집적 회로가 작아지면서 컴퓨터의 크기도 작아졌어요. 집적 회로가 더 작아지면 미래에 어떤 컴퓨터가 만들어질지 보기 처럼 상상하여 써 보세요.

> **보기** 미래에는 사람들의 기억력을 저장하는 초소형 컴퓨터가 만들어질 것이다. 그래서 사람들이 집 안에서뿐 아니라 길을 다니면서 보는 모든 것을 그때그때 컴퓨터 저장 장치로 모을 수 있을 것이다.

드디어 제4세대 컴퓨터를 만났어. 모습이 낯설지 않지? 제4세대 컴퓨터는 보통 가정이나 회사에서 만날 수 있는 컴퓨터야. 크기는 조금씩 차이가 있지만 말이야.

"안녕? 네가 제4세대 컴퓨터구나. 그런데 별다른 특징은 없는걸."

내 말에 제4세대 컴퓨터도 고개를 끄덕이며 말했어.

"겉모습은 그렇게 보일 수 있어. 하지만 성능은 차이가 많이 나지. 나 같은 제4세대 컴퓨터의 집적 회로는 상상을 초월할 정도로 작아졌거든. 그래서 몸체도 아주 작아졌지. 그에 반해 저장˚ 용량은 어마어마하게 커졌어."

"좀 쉽게 설명해 줄 수 없을까?"

"내가 얼마나 빠르고, 많은 정보를 가지고 있는지 말해 주면 이해가 쉬울 거야. 내 속에는 손톱만 한 작은 칩이 있어. 컴퓨터 칩에는 도서관에 있는 모든 책의 내용을 담을 수 있단다. 상상하기 힘들 정도로 용량이 커진 것이지."

정말 놀라운 발전이야. 집적 회로 방식으로 만들어진 컴퓨터 칩이 얼마나 작아지느냐, 컴퓨터 칩의 저장 용량이 얼마나 커지느냐에 따라 컴퓨터의 성능이 달라진다는 말이잖아. 이렇게 컴퓨터 칩은 하루가 다르게 발전했어. 그래서 나처럼 작지만 똑똑한 컴퓨터가 만들어지게 된 거야.

＊ **용량**: 저장할 수 있는 정보의 양.

1. 이 글에서 설명한 제4세대 컴퓨터의 발전 방향은 어느 것인가요? (   )

① 쉽게 열이 나지 않는다.　　　　　② 수리나 교환이 어렵다.

③ 컴퓨터 화면이 아주 크다.　　　　④ 저장 용량이 작고 값이 싸다.

⑤ 컴퓨터 칩은 작고 저장 용량은 크다.

2. 현대는 컴퓨터의 발달로 인해 정보화 사회라고 합니다. 정보화 사회는 정보를 충분히 활용하여 인간 생활의 여러 문제를 해결하는 사회입니다. 다음 중 정보화 사회의 특징이 아닌 것은 무엇인가요? (   )

① 정보 수집이 쉽고 신속하다.

② 다양한 방법으로 의사소통이 가능하다.

③ 다른 사람들과 정보를 쉽게 공유할 수 있다.

④ 정보를 수집하여 활용하는 데 불편한 점이 많다.

⑤ 관심 있는 분야의 정보를 만들어 저장할 수 있다.

3주 2일
학습 끝!

붙임 딱지 붙여요.

3. 정보화 사회는 긍정적인 면도 많이 있지만 부정적인 면도 무시할 수 없습니다. 컴퓨터를 통한 개인 정보 유출과 인터넷 악성 댓글 등이 한 예입니다. 인터넷 댓글에 대한 긍정적인 면과 부정적인 면을 각각 써 보세요.

(1) 긍정적인 면:

(2) 부정적인 면:

그럼 사람들은 언제부터 컴퓨터를 널리 사용하게 된 것일까?

옛날에는 컴퓨터가 아주 크고 비싸서 사람들이 구경하기도 쉽지 않았다는데 지금은 가방이나 주머니 속에 나 같은 스마트폰을 넣고 다니며 편리하게 사용하고 있어.

에니악을 보아서 짐작하겠지만 컴퓨터를 만들고 사용하는 일은 아무나 할 수 없는 일이었어. 에니악을 만드는 데만 3년의 시간이 걸렸고, 만드는 데 들어간 비용도 어마어마했지. 사용할 때마다 필요한 전력량도 엄청났고 말이야. 사정이 이렇다 보니 당시에는 컴퓨터를 사용하는 것이 보통 사람에게는 상상하기 힘든 일이었지. 그러다가 1977년 애플이란 회사에서 개인용 컴퓨터를 만들었고, 1981년 IBM이란 회사에서도 개인용 컴퓨터를 만들어 팔면서 일반 사람들도 컴퓨터를 사용할 수 있게 되었어.

혹시 국민 PC라는 말 들어 봤니? 국가에서 많은 사람들이 컴퓨터를 사용하도록 '국민 PC'라는 이름 아래 싼 가격에 컴퓨터를 보급했어. 아주 비싼 물건이던 컴퓨터가 정부의 노력으로 집집마다 놓이기 시작했지. 그 결과 우리나라 사람들도 컴퓨터를 널리 사용하게 되었어.

1999년경에는 집집마다 텔레비전이 있는 것처럼 컴퓨터가 보급되었어. 나를 사용하는 주인도 이때 처음으로 컴퓨터를 가졌대. 많은 사람들이 컴퓨터를 가지게 된 이때를 '국민 PC 시대'라고 해.

＊ **보급**: 널리 펴서 많은 사람들에게 골고루 미치게 하여 누리게 함.

사회 탐구 1. 컴퓨터를 사용하게 된 과정으로 알맞지 <u>않은</u> 것은 무엇인가요? (　　　)

① 컴퓨터를 처음 사용한 사람은 아주 일부였다.

② 처음 나온 컴퓨터는 가격이 비싸 사기 힘들었다.

③ 애플사와 IBM사에서 개인용 컴퓨터를 만들었다.

④ 오늘날 컴퓨터는 누구나 쉽게 사용하는 물건이 되었다.

⑤ 컴퓨터는 처음 나올 때부터 사람들이 사서 익숙하게 사용했다.

사회 탐구 2. 국가에서 많은 사람들이 컴퓨터를 사용하도록 한 것은 정보화 사회를 대비하기 위해서였습니다. 다음에서 정보화 사회의 긍정적인 면을 모두 고르세요. (　　　)

① 개인 정보 유출이 쉽게 이루어진다.

② 스마트폰을 생활 속에서 유용하게 활용할 수 있다.

③ 가상 공간에서 다양한 방법으로 의사소통을 할 수 있다.

④ 교육, 여가 활동, 상거래 등에 다양하게 활용할 수 있다.

⑤ 정보의 홍수로 인해 거짓 사실이나 잘못된 정보가 뒤섞여 혼란을 준다.

논술 3. 국가에서는 많은 사람들이 컴퓨터를 사용하도록 싼 가격으로 컴퓨터를 보급했습니다. 더 많은 사람들이 컴퓨터를 이용할 수 있게 하려면 어떤 방법이 좋을지 써 보세요.

사람들은 컴퓨터로 다양한 일을 하기 시작했어. 회사에서는 컴퓨터로 일처리를 했고, 학생들은 컴퓨터를 이용해서 공부를 했어. 컴퓨터를 이용한 인터넷 뱅킹이나 인터넷 쇼핑은 일상생활의 모습을 크게 변화시켰지. 그런데 이렇게 컴퓨터가 생활 깊숙이 영향을 미칠수록 불편해지는 일이 생겼어. 바로 '컴퓨터 바이러스'의 공격이야.

바이러스 하면 살아 있는 생물에 존재하는 작은 [*]병원체로 알고 있겠지만 컴퓨터에도 무서운 '바이러스'가 있단다. 지난 1999년 4월 26일, 사람들은 컴퓨터 바이러스 때문에 끔찍한 하루를 보냈어. 전국의 수십만 대 컴퓨터가 제대로 작동하지 않아 일을 전혀 할 수가 없었거든. 게다가 컴퓨터에 저장된 문서가 사라지고, 어떤 컴퓨터는 제대로 켜지지도 않았지. 컴퓨터 바이러스가 컴퓨터의 시작 기능을 마비시키거나 컴퓨터에 저장된 자료를 모두 망가뜨린 거야. 컴퓨터 바이러스가 일으키는 문제는 실제 바이러스가 우리 몸에 일으키는 병 못지않게 무서운 것이었어.

사람들은 컴퓨터 바이러스가 얼마나 위험한 존재인지 깨닫고 적극적으로 바이러스를 막으려고 애쓰고 있어. 몸에 예방 주사를 맞듯이 백신 프로그램을 사용한다거나, 사람들이 많이 사용하는 컴퓨터의 정보를 복사해서 다른 컴퓨터로 옮기지 않는 것이지. 사람의 건강처럼 컴퓨터의 건강도 생각하게 된 거야.

＊ **병원체**: 병의 원인이 되는 본체. 세균, 바이러스 등이 있음.

1. 이 글에서 컴퓨터 사용을 불편하게 한 것은 무엇인가요? (   )

① 전기량의 증가   ② 컴퓨터 백신의 개발
③ 컴퓨터의 엄청난 무게   ④ 컴퓨터에서 나오는 열기
⑤ 컴퓨터 바이러스의 공격

2. 갓 태어난 아기는 흔히 걸릴 수 있는 병을 막기 위해 일정한 시기마다 예방 주사를 맞습니다. 이와 같이 각종 문제를 일으키는 컴퓨터 바이러스를 예방하거나 치료하는 프로그램을 이 글에서 찾아 쓰세요.

(   )

3. 컴퓨터가 바이러스의 공격을 받는 것처럼 사람의 몸에도 바이러스가 침투하는 경우가 있습니다. 다음 중 바이러스에 대한 설명이 알맞은 것은 무엇인가요? (   )

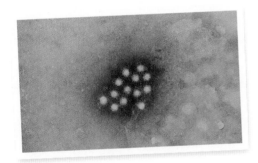

▲ A형 간염 바이러스

① 바이러스는 아주 크다.
② 바이러스는 무생물이다.
③ 바이러스는 병을 일으킨다.
④ 바이러스는 눈에 잘 보인다.
⑤ 바이러스는 절대 전염되지 않는다.

4. 컴퓨터를 안전하게 사용하기 위해서는 올바른 컴퓨터 사용 원칙을 알아야 합니다. 컴퓨터 유해 환경을 차단하고 컴퓨터 중독증을 예방하기 위해서는 어떤 방법으로 컴퓨터를 사용해야 할지 써 보세요.

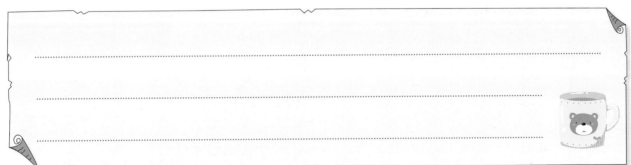

"어, 그런데 저 사람은 뭘 하고 있는 거지?"

어떤 사람이 다른 사람의 컴퓨터에 침입해서 정보를 빼내려 하고 있어. 이거야말로 도둑질이지 뭐야. 컴퓨터가 발달하고 사용이 늘면서 이런 도둑들이 많이 늘고 있어.

컴퓨터에서 정보를 훔치는 이런 사람을 크래커라고 해. 정보 보안 등을 위해 일하는 해커와는 다르지. 바이러스가 컴퓨터에 침입한 병균이라고 한다면, 크래커는 나쁜 의도를 가지고 컴퓨터에서 정보를 훔치고 파괴하는 해적이라고 할 수 있어. 해적은 남의 것을 억지로 빼앗고 망가뜨리잖아. 크래커는 다른 사람의 컴퓨터에 몰래 침입해서 컴퓨터를 망가뜨리거나 컴퓨터에 저장된 자료를 훔쳐 가. 이런 나쁜 일을 크래킹이라고 하지. 어떻게 이런 일이 가능하냐고? 보통 사람에게는 쉽지 않은 일이지. 크래커는 컴퓨터를 잘 다루는 사람들이야. 도둑이 잠긴 문을 열고 들어오는 것처럼 크래커는 비밀번호를 찾아내서 컴퓨터에 몰래 침입할 수 있단다.

크래커 중에는 자신의 컴퓨터 실력을 자랑하거나 시험해 보기 위해 크래킹을 하는 사람이 많아. 피해 입은 사람들을 생각한다면 절대로 해서는 안 되는 행동이지. 무엇보다 그렇게 뛰어난 기술을 나쁜 일에 사용한다는 것이 어리석은 행동 아니겠니?

언어 1. 이 글에 등장하는 크래커와 해적의 공통점은 무엇인가요? (   )

① 컴퓨터를 수리하는 사람
② 바다에서 활동하는 사람
③ 컴퓨터를 배달하는 사람
④ 컴퓨터 기술이 매우 뛰어난 사람
⑤ 다른 사람의 것을 빼앗거나 파괴시키는 사람

사회탐구 2. 이 글에서 말한 크래커들로 인해 피해를 입는 경우가 늘고 있습니다. 다음 중 크래킹 피해 사고가 <u>아닌</u> 것은 어느 것인가요? (   )

① 크래커가 개인 정보를 빼내 갔다.
② 크래커가 중요한 정보를 파괴했다.
③ 크래커가 컴퓨터 보안 장치를 파괴했다.
④ 컴퓨터 주인이 컴퓨터에 잠금장치를 만들었다.
⑤ 크래커가 비밀번호를 컴퓨터 주인 모르게 바꾸었다.

3주 3일
학습 끝!

붙임 딱지 붙여요.

논술 3. 컴퓨터 크래킹은 뛰어난 컴퓨터 실력이 있어야 가능합니다. 자신의 실력을 이렇게 사용하는 크래커들에게 따끔하게 충고하는 글을 써 보세요.

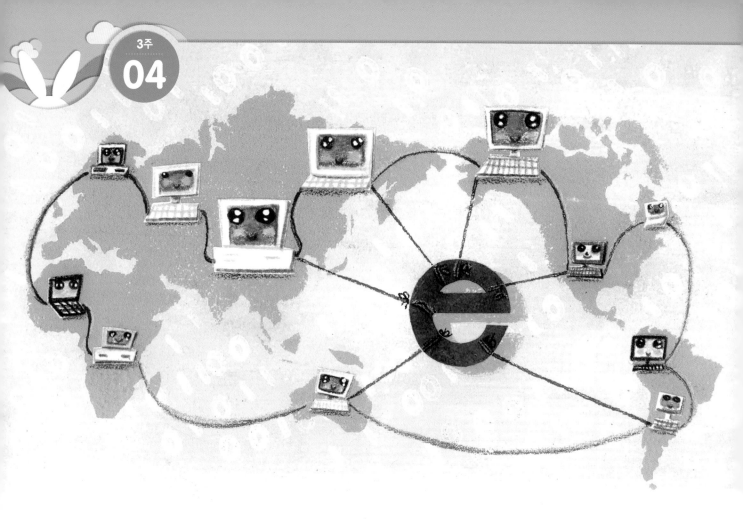

　내가 이번에 안내한 이곳은 바다야. 넓은 *인터넷 바다! 컴퓨터를 이야기하면서 인터넷을 빼놓을 수는 없겠지?

　컴퓨터는 아주 빠르게 보급됐어. 전화와 전기는 발명된 뒤에도 많은 사람들이 사용하기까지는 약 100년의 시간이 걸렸어. 하지만 컴퓨터는 이보다 훨씬 빨리 사람들에게 다가갔어. 많은 사람들이 컴퓨터를 사용하는 데는 50년 정도밖에 걸리지 않았거든. 그렇게 된 것은 인터넷 때문이기도 해.

　인터넷은 각 나라의 *전산망을 연결해 놓은 거야. 나라 사이에 철도가 연결되고, 도로가 연결되어 사람들이 빠르고 편리하게 오고 가는 것은 많이 보았지? 그런 것처럼 전산망을 연결하면 나라끼리 빠르게 소식을 주고받을 수 있고, 인터넷을 이용해서 세계 어느 나라와도 연결이 가능해. 먼 나라에서 일어난 사건 소식도 빠르게 전해 들을 수 있고, 그 나라에서 최근 유행하는 놀이나 노래 등도 쉽게 알 수 있어. 편리하게 정보를 주고받는 거야.

　'세계는 하나'라는 말 들어 봤지? 인터넷 세상에서도 나라 사이의 국경선이 없어. 또 그 안에 넓은 세계가 모두 담겨 있어서 실제 바다 못지않게 넓다고 할 수 있어.

* **인터넷**: 컴퓨터의 네트워크를 연결하는 세계적 규모의 컴퓨터 통신망.
* **전산망**: 컴퓨터로 연결되는 통신 조직망.

1. 이 글을 잘못 이해한 친구는 누구인가요? (   )

① 인터넷을 통해 많은 정보를 얻을 수 있어.

② 인터넷 세상에는 나라 사이의 국경선이 없어.

③ 인터넷이 세계를 더욱 가깝게 만들었어.

④ 인터넷으로 전 세계의 소식을 빠르게 알 수 있어.

⑤ 컴퓨터의 전파 속도는 전화의 전파 속도보다 느려.

 2. 인터넷의 발달로 인해 변화된 사회의 모습으로 알맞은 것은 무엇인가요? (   )

① 우체국 사용이 늘었다.　　　　② 컴퓨터 사용이 줄었다.

③ 다양한 정보를 얻기가 힘들다.　④ 정보를 빠르게 전달할 수 없다.

⑤ 집에서 인터넷으로 해결하는 일이 늘었다.

논술 3. 컴퓨터와 인터넷의 발달로 최근에는 전자책이 만들어져 크게 활용되고 있습니다. 전자책의 긍정적인 면과 부정적인 면에 대한 여러분의 생각을 써 보세요.

(1) 긍정적인 면:

(2) 부정적인 면:

편리한 인터넷 세상을 만든 것은 솔직히 말해서 컴퓨터의 힘은 아니야. 인터넷이 세계 여러 나라와 연결된 정보 통신망이라고 했지? 정보 통신망은 정보가 오갈 수 있는 통로를 말해. 정보를 주고받는 데도 길이 필요한 법이거든. 길이 잘 뚫리면 차가 빠르게 달릴 수 있는 것처럼 통신망이 잘 만들어지면 정보를 더욱 빠르게 주고받을 수 있지. 정보가 초고속으로 전달되는 거야.

초기의 인터넷은 구리로 만든 전화선을 이용했어. 전화를 연결하던 선을 인터넷 선으로 이용한 거야. 그런데 이 전화선은 많은 양의 정보를 한꺼번에 보낼 수 없었어. 그래서 인터넷 검색을 하려면 많은 시간이 필요했지. 한꺼번에 많은 양의 정보를 보낼 수 없어서 오랜 시간에 걸쳐 정보를 보내는 거야.

이러한 문제점은 광섬유 케이블을 설치하면서 확 달라졌어. 광섬유 케이블은 가는 유리로 만든 선이야. 이제 집집마다 인터넷을 연결하는 선은 광섬유 케이블로 바뀌었지. 그러면서 주고받을 수 있는 정보의 양이 많아지고 속도도 놀라울 정도로 빨라졌어. 이뿐 아니야. 광섬유 케이블에서 더 나아가 선 없이도 인공위성에서 보내는 신호를 받아 인터넷을 할 수 있게 되었단다. 이것을 '무선 인터넷'이라고 하지.

1. 인터넷으로 정보를 더 빨리 주고받게 된 것은 무엇 때문인가요? (   )

① 전화기   ② 구리선   ③ 전화선   ④ 고속 도로   ⑤ 광섬유 케이블

 2. 컴퓨터와 같은 전기 제품의 사용이 늘면서 에너지 절약도 중요시되고 있습니다. 전기 에너지를 절약하는 방법이 <u>아닌</u> 것 두 가지를 고르세요. (   )

① 에어컨 전원을 자주 끄고 켜는 것이 좋다.

② 외출할 때나 잠을 잘 때는 텔레비전 플러그를 뽑아 놓는다.

③ 세탁기를 돌릴 때 빨래는 조금씩 모아지는 대로 자주 돌린다.

④ 냉장고는 문을 자주 여닫지 않고, 더운 음식은 식혀서 넣는다.

⑤ 컴퓨터 등은 절전형 멀티탭을 이용하고 오래 사용하지 않을 때는 전원을 끈다.

3. 정보 통신망의 발달로 인하여 인터넷으로 세계 곳곳을 구경하는 일이 가능해졌습니다. 여러분도 가 보고 싶은 곳을 인터넷으로 구경하고, 그곳에 대한 소개와 느낀 점을 보기 와 같이 써 보세요. 가 보고 싶은 곳의 사진도 인쇄하여 붙여 보세요.

> 보기 인터넷으로 프랑스 파리의 상징인 에펠 탑을 찾아보았다. 에펠 탑은 프랑스 혁명 100주년인 1889년에 구스타브 에펠이 세웠다. 높이는 약 320미터이다. 여러 각도에서 찍은 에펠 탑의 사진 자료들을 검색하다 보니 직접 가 보고 싶은 마음이 생겼다. 언젠가는 꼭 파리에 가서 에펠 탑 전망대에서 파리 시내를 내려다보고 싶다.

사진 붙이는 곳

인터넷의 발달로 인해 사람들은 새로운 세상을 만나게 되었어. 바로 사이버 세상이지. 사이버 공간은 컴퓨터상의 가상 세계를 말해. 이제 사람들에게 사이버 세상은 그리 낯설지 않아.

사람들은 책상 위의 컴퓨터로, 손에 든 스마트폰으로 사이버 세상을 날마다 경험할 수 있지. 한때는 사이버 가수가 등장해서 인기를 끌기도 했어. 사이버 가수는 사람들이 좋아하는 목소리와 외모로 꾸며졌고 사이버상에서 노래를 했어.

인터넷만 있으면 집 밖에 나가지 않고도 집 안에서 생활이 가능하다는 사람이 있어. 사이버 세상에서는 실제 세상과 마찬가지로 무엇이든 할 수 있으니까. 사이버 세상에서는 사람을 만나고, 물건을 사고, 회사 일을 처리할 수 있어. 실제로 만질 수 없는 세상이지만 컴퓨터를 통해 얼마든지 현실처럼 경험할 수 있는 세상이 사이버 세상이야.

앞으로 컴퓨터는 더 발전하게 될 거야. 똑똑한 스마트폰을 보고 '세상 참 많이 변했다'는 사람이 많은데 컴퓨터는 세상을 더 변화시킬 거야.

컴퓨터를 손에 드는 것이 아니라 손목에 시계처럼 차고 다닐 수도 있고, 옷으로 입고 다닐 수도 있어. 컴퓨터가 생활의 모든 것을 알아서 관리해 줄 수도 있지. 컴퓨터는 인간이 하는 일의 많은 부분을 대신 할 수 있고, 어쩌면 인간보다 더 잘할 수도 있어. 컴퓨터와 인터넷을 잘 이용해 봐. 너희도 나처럼 똑똑해질 거야.

사회 탐구 1. 다음에서 설명하는 '나'는 누구인가요? (   )

'나'는 사이버 세상에서만 노래를 들려줄 수 있는 가수야. '나'의 얼굴은 가장 이상적인 얼굴형이고, 자연스럽게 보이기 위해 3차원으로 만든 다양한 표정을 가지고 있어. 최신 유행하는 머리 모양을 하고 멋진 옷도 입었지.

① 탤런트   ② 사이버 머니   ③ 사이버 가수   ④ 오페라 가수   ⑤ 뮤지컬 배우

사회 탐구 2. 사이버 세상은 눈에 보이지 않는 가상 세계이지만 지켜야 할 예절도 있습니다. 이 것을 '네티켓'이라고도 하지요. 사이버 세상에서 지켜야 할 예절을 보기 와 같이 두 가지 이상 써 보세요.

보기 • 댓글을 달 때는 존댓말을 사용한다.
      • 다른 사람의 글을 퍼 올 때는 반드시 허락을 받는다.

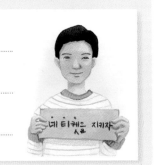

3주 4일
학습 끝!

붙임 딱지 붙여요.

논술 3. 인터넷에서 사진이나 글을 마음대로 퍼서 자신의 블로그에 옮기거나 그대로 베껴서 숙제를 하는 것은 저작권을 지키지 않은 잘못된 행동입니다. 왜 저작권을 지켜야 하는지 여러분의 의견을 써 보세요.

1 다음은 여러 가지 컴퓨터에 대한 설명입니다. 어떤 컴퓨터에 대한 설명인지 (   ) 안에 번호를 써넣으세요.

① 크기가 교실만 하고 무게는 30톤이다.

② 1만 8000여 개의 진공관을 이용해 만들었다.

③ 처음으로 집적 회로를 이용해 컴퓨터를 만들었다.

④ 반도체를 이용한 트랜지스터로 컴퓨터를 만들었다.

⑤ 컴퓨터 칩을 아주 작게 만들어 컴퓨터의 크기가 더 작아졌다.

⑥ 진공관을 이용해 만든 컴퓨터보다 속도가 100배나 빨라졌다.

⑦ 사람이 일곱 시간 계산할 것을 3초 만에 해내는 기능을 가졌다.

⑧ 손톱만 한 컴퓨터 칩에 도서관에 있는 모든 책의 내용을 담을 수 있다.

⑨ 100개가 넘는 트랜지스터가 모여 만들어진 집적 회로에는 많은 내용의 정보를 저장할 수 있다.

(1) 에니악
(   )

(2) 제2세대 컴퓨터
(   )

(3) 제3세대 컴퓨터
(   )

(4) 제4세대 컴퓨터
(   )

2 컴퓨터와 인터넷을 사용하는 데 피해를 주는 것 두 가지를 고르세요. (   )

① 스마트폰　　② 크래커의 공격　　③ 광섬유 케이블

④ 국민 PC의 보급　　⑤ 컴퓨터 바이러스

3 다음 중 가장 빠르고 쉽게 세계인과 소통할 수 있게 해 주는 것은 무엇인가요? (   )

① 선박   ② 비행기   ③ 우주선   ④ 자동차   ⑤ 인터넷

4 다음은 집 밖에 나가지 않고 집 안에서 컴퓨터와 인터넷을 이용해서 할 수 있는 것들입니다. 관계있는 것끼리 줄로 이으세요.

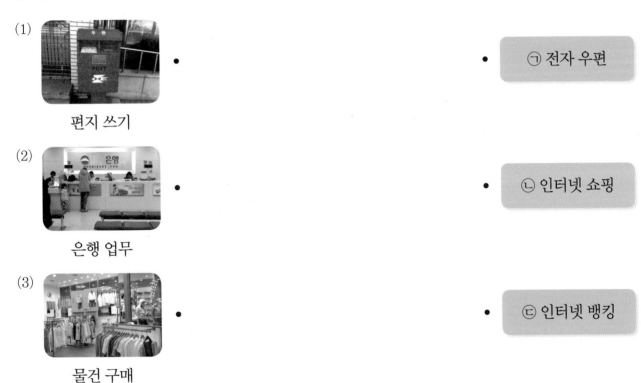

(1) 편지 쓰기   •   • ㉠ 전자 우편

(2) 은행 업무   •   • ㉡ 인터넷 쇼핑

(3) 물건 구매   •   • ㉢ 인터넷 뱅킹

5 밑줄 그은 단어를 이용해 보기 처럼 짧은 글을 지어 보세요.

> **보기** 바이러스 못지않게 크래커들의 공격으로 피해를 보는 일도 많다.

궁금해요

세상을 바꾼 세 가지 혁명

지금 우리가 살고 있는 세상은 어떻게 만들어진 것일까요? 인류의 역사를 살펴보면 굵직한 세 가지 혁명이 등장해요. 농업 혁명, 산업 혁명 그리고 디지털 혁명이지요. 이 세 가지 혁명은 세상에 큰 변화를 가져왔어요. 그 변화의 소용돌이 속으로 함께 가 볼까요?

혁명의 시작

인류의 삶은 오랜 시간 동안 천천히 변해 왔어요. 하지만 그 속에는 짧은 시간 동안 엄청난 변화를 가져온 사건이 있었답니다. 이것을 사람들은 '혁명'이라고 불러요.

인류의 시작은 다른 동물의 생활과 크게 다르지 않았어요. 사람들은 나무 열매와 물고기를 먹이로 살아남았어요. 먹이를 찾아 길을 떠나는 것이 곧 생활이었지요. 간편하게 움막을 짓고 머물며 주위의 나무 열매를 채집해서 먹고, 먹을 것이 떨어지면 다시 길을 떠나는 것이었어

요. 그러다가 우연히 씨를 뿌려 식물을 키우게 되었어요. 이것이 농사의 시작이랍니다.

첫 번째 혁명, 농업 혁명(B.C. 7000년경)

인류의 삶을 변화시킨 첫 번째 혁명은 농업 혁명이에요. 사람들은 농사를 짓기 시작하면서 어떻게 하면 먹을 것을 더 많이 얻을 수 있는지 알게 되었어요. 이때부터 사람들의 삶은 확연히 달라졌어요. 먹이를 찾아 이동하던 삶이 농사를 지으면서 한곳에 머물러 살게 되었어요. 또 농사일을 위해 더 많은 사람이 모여 무리를 지어 살게 되었어요.

농사를 위해 땅을 일구고 물길을 놓는 일은 몇몇 사람의 힘으로는 불가능했어요. 그래서 사람들은 힘을 모으기 위해 무리를 키우고, 이 과정에서 무리를 이끄는 강력한 지도자가 필요하다고 생각했어요. 이렇게 해서 나라가 세워지고 왕이 등장하게 되었답니다. 또 농사로 인해 인간 사회에 계급도 만들어졌어요. 농사를 지으며 부자와 가난한 사람이 생겨나면서 자연스럽게 계층이 나눠지고 이것이 신분 사회를 만든 것이지요.

두 번째 혁명, 산업 혁명(18세기)

두 번째 큰 변화는 '산업 혁명'이에요. 손으로 농사를 짓고 물건을 만들던 사람들의 생활은 기계를 이용한 공업의 발달로 빠르게 변화되었어요.

산업 혁명의 시작은 영국에서였어요. 영국에서 옷감을 짜는 방적 기계를 개량하여 발전시키면서 사람의 손으로 물건을 만들던 수공업에서 기계를 이용한 기계 공업으로 변

▲ 초기 공장의 모습

화하게 되었어요. 이런 기계 공업의 발달은 방적뿐 아니라 자동차, 철도 등의 발달로 이어졌지요. 가족 단위, 마을 단위로 이루어지던 산업이 한꺼번에 많은 양의 물건을 만들어 내면서 그 규모는 놀랄 만큼 커졌어요.

영국에서 시작된 산업 혁명은 프랑스, 벨기에 등으로 확산되면서 유럽 전역에 영향을 미쳤어요. 그리고 이런 경제 상황은 자본주의라는 새로운 경제 체제를 만들었고, 자본주의를 통해 사람들의 생활 모습과 생각은 크게 바뀌었답니다.

세 번째 혁명, 디지털 혁명(20세기 후반)

마지막으로 가장 최근에 일어난 혁명은 '디지털 혁명'이에요. 디지털 혁명은 20세기 후반 컴퓨터와 반도체, 통신 기술과 같은 과학 기술의 급속한 발전 덕분에 이루어진 사회 변화예요. 컴퓨터와 인터넷으로 전파 속도가 매우 빠르고 지금도 계속 발전하고 있답니다. 스마트폰, 태블릿 PC, 디지털카메라 등이 디지털 시대를 이끄는 대표적인 발명품이랍니다.

▲ 스마트폰

✏️ 이 글에서 세상을 바꾼 혁명에는 어떤 것이 있다고 했는지 써 보세요.

컴퓨터와 미래 세상

얼마 전 신문에는 고장 난 냉장고가 스스로 고장 신고를 할 날이 멀지 않았다는 기사가 실렸습니다. 컴퓨터를 사용하는 20년 뒤 미래의 우리 생활은 어떻게 변해 있을까요? 다음 보기 에 연결하여 20년 뒤 어린이들의 하루 일과를 상상하여 써 보세요.

> **보기**
>
> 아침 7시.
>
> 윤호는 더 자고 싶지만 알람 소리와 함께 방 안의 불이 환히 켜지고 창문까지 자동으로 열려 환기를 시키는 바람에 자리에서 일어날 수밖에 없었다. 엄마가 거실에서 '아침 서비스' 버튼을 누른 것이다.
>
> 거실에 나오니 엄마는 아침 준비를 이미 끝내 놓고 부엌에서 냉장고에 부착된 모니터로 쇼핑 정보를 확인하고 있었다.
>
> "마트에서 꽃게 세일을 하네. 오늘 저녁은 꽃게탕이 좋겠는걸."
>
>
>
> 엄마는 모니터에 나타난 품목들을 손가락으로 누르며 냉장고 안에 있는 내용물을 살폈다. 더 필요한 재료를 알아보는 것이었다.
>
> 아침을 먹고 있는데, 손목에 찬 미니 컴퓨터에서 알람 소리가 들렸다. 친구 영민이가 학교에 같이 가자고 신호를 보낸 것이었다.

3주 학습 끝!

확인할 내용	잘함	보통임	부족함
1. 이번 주 학습을 5일(월요일~금요일) 안에 끝마쳤나요?			
2. 컴퓨터의 역사를 잘 이해하였나요?			
3. 컴퓨터의 기능과 역할에 대해 잘 이해하였나요?			
4. 컴퓨터를 잘 활용할 수 있나요?			

3주 5일
학습 끝!

붙임 딱지 붙여요.

전하는 말

4주

연설문은
어떻게 쓸까요?

생각톡톡 여러 사람 앞에서 자신의 의견이나 주장을 말하기 위하여 쓴 글을 무엇이라고 하는지 **보기** 에서 찾아 쓰세요.

보기 연설문 기사문 희곡 설명문   (   )

관련교과 [국어 5-1] 연설문이 필요한 경우 알아보기, 연설문의 특징 알아보기

[국어 6-1] 주장과 근거가 잘 드러나도록 글쓰기

연설문은 어떻게 쓸까요?

매년 새 학기가 시작되면 학교에서는 전교 어린이 회장 선거가 열려요. ○○ 초등학교 학생들도 이번 학기에는 누가 전교 어린이 회장으로 뽑힐지 궁금했어요.

"얘들아, 나 이번 전교 어린이 회장 선거에 나가려고 해."

학급 회장인 재호가 말했어요.

"그래, 너라면 좋은 회장이 될 거야."

민정이의 말에 유진이와 도민이, 준영이도 고개를 끄덕였어요. 재호는 학급 회장이 되어서 의젓하고 책임감 있는 모습으로 담임 선생님과 친구들에게 칭찬을 받곤 했거든요.

"재호야, 네가 전교 어린이 회장 선거에 나가면 우리가 선거 운동을 도와줄게. 나는 그림을 잘 그리니까 손 팻말을 만들면 되겠지?"

"그래, 손 팻말은 회장 후보를 홍보하는 데 아주 중요하지."

"나는 힘이 세니까 선거 운동을 할 때 손 팻말을 들어 줄게."

"얘들아, 정말 고맙다."

재호는 선거 운동을 도와주겠다는 친구들이 무척 고마웠어요.

그런데 여전히 한 가지 걱정되는 게 있었어요. 바로 선거 연설이었지요. 과연 재호가 선거 연설을 멋지게 해낼 수 있을까요?

비판력 1. 전교 어린이 회장 후보로 나서면 전교생 앞에서 연설을 해야 합니다. 다음 중 연설이 필요한 경우를 <u>잘못</u> 말한 친구는 누구인가요? (   )

① 취임식 때 연설을 해야 해.

② 졸업식 때 졸업생 대표가 연설을 해야 해.

③ 아픈 사람을 위로할 때 연설을 해야 해.

④ 선거에서 자신을 뽑아 달라고 할 때 연설을 해야 해.

⑤ 의견을 펼쳐서 다른 사람을 설득할 때 연설을 해야 해.

추리력 2. 전교 어린이 회장을 뽑는 것처럼 민주주의 국가에서는 국민의 대표를 뽑아서 나라의 일을 감시하고 참여하게 됩니다. 다음 중 국회를 이루는 구성원으로서 지역구와 전국구를 대표하는 사람은 누구인가요? (   )

① 장관   ② 군인   ③ 통장   ④ 대통령   ⑤ 국회 의원

논술 3. 재호는 전교 어린이 회장 선거 때 연설을 해야 합니다. 선거 연설문에는 어떤 내용을 담아야 할지 여러분의 생각을 써 보세요.

"재호야, 무슨 생각을 그렇게 해?"

눈치 빠른 민정이가 재호를 보며 물었어요. 재호는 머뭇거리다 친구들에게 자신의 고민을 털어놓았어요.

"사실은 선거 연설을 어떻게 할지 고민이야. 내가 해낼 수 있을까? 연설은 자신이 없어."

"연설문을 써서 연습하면 되잖아."

"그래, 연설문에 네가 전교 어린이 회장이 되어야 하는 까닭을 써 봐. 물론 주장에 알맞은 [*]근거도 써야겠지? 참, 친구들이 이해할 수 있게 쉽게 말하는 것도 중요해."

"맞아, 전교 어린이 회장이 되어서 어떤 일을 할 것인지도 차근차근 설명해 봐."

친구들은 재호에게 도움이 될 만한 의견들을 내놓았어요.

친구들의 말에 재호는 고개를 끄덕였어요.

"맞아, 연설을 하려면 연설문을 먼저 쓰는 게 순서지. 왜 그 생각을 못 했을까? 너희들 말을 들으니까 연설을 할 때 무슨 말을 해야 할지 알 것 같아. 헤헤, 너희들이 이렇게 든든한지 몰랐는걸."

재호는 신이 나서 친구들과 연설문을 함께 만들어 보기로 했답니다.

＊ 근거: 어떤 일이니 의논, 의견에 그 근본이 되는 까닭.

분석력 1. 선거 연설에 꼭 들어가야 할 내용이 <u>아닌</u> 것은 어느 것인가요? (   )

① 듣는 사람에 대한 칭찬   ② 자신이 뽑힐 경우에 할 일
③ 자신을 뽑아 달라는 부탁의 말   ④ 자신을 뽑아야 하는 까닭과 근거
⑤ 자신이 어떤 사람인지에 대한 소개

 비판력 2. 연설문의 특징에 대해 <u>잘못</u> 말한 친구는 누구인가요? (   )

① 연설문의 목적은 듣는 사람을 설득하는 거야.

② 연설문은 듣는 사람의 특징과 연설 시간을 생각해서 써야 해.

③ 연설문의 처음 부분은 듣는 사람의 관심을 끄는 말을 하는 것이 좋아.

④ 연설문은 듣는 사람이 이해하기 쉬운 문장이나 낱말을 쓰는 것이 좋아.

⑤ 연설문은 여러 사람 앞에서 말해야 하므로 높임말보다는 친구에게 말하듯이 써야 해.

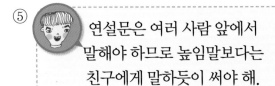 논술 3. 후보자가 선거에서 뽑히면 어떤 일을 하겠다고 약속하는 것을 '공약'이라고 합니다. 여러분이 전교 어린이 회장 선거에 나간다면 어떤 공약을 말할지 두 가지만 써 보세요.

111

재호와 친구들은 재호가 왜 전교 어린이 회장이 되어야 하는지를 고민했어요.

"재호는 책임감이 강해서 전교 어린이 회장에 알맞아."

"오랫동안 학급 회장을 한 경험이 있어서 충분히 잘할 수 있을 거야."

"힘이 세서 어렵고 힘든 일도 척척 해내겠지?"

친구들은 저마다 한 가지씩 재호의 장점을 이야기했어요. 재호는 친구들의 칭찬이 조금 쑥스러웠지만 잘난 척하지 않고 어떤 사람이 전교 어린이 회장에 적합한지를 먼저 생각하려고 노력했어요. 그리고 그 점을 연설문에 넣자고 생각했답니다.

그다음은 공약을 준비했어요. 전교 어린이 회장이 되면 친구들을 위해 무슨 일을 할 것인지가 가장 중요하니까요. 민정이가 아이들이 하는 말을 하나씩 칠판에 적었어요.

1. 이 글에서 친구들이 머리를 맞대고 고민한 것 두 가지를 고르세요. ( )

① 현장 학습 장소

② 재호의 운동 방법

③ 재호의 공부 방법

④ 전교 어린이 회장 선거 공약

⑤ 재호가 전교 어린이 회장이 되어야 하는 까닭

2. 재호와 친구들은 선거 연설을 잘하기 위해 고민하고 있습니다. 다음 중 선거 연설의 특징을 잘못 말한 친구는 누구인가요? ( )

①
> 선거 연설에는 출마한 까닭과 공약이 들어가야 해.

②
> 선거 연설에는 듣는 사람의 관심을 끌 수 있는 내용이 포함되어야 해.

③
> 다양한 설득 전략을 사용하여 듣는 사람에게 지지를 호소해야 해.

④
> 듣는 사람은 후보자의 연설을 들을 때 주장과 근거가 적절한지 판단할 필요는 없어.

3. 이 글에 나온 재호의 선거 공약 중 알맞지 <u>않은</u> 것은 무엇이라고 생각하나요? 근거를 들어 여러분의 의견을 써 보세요.

4주 1일 학습 끝! 붙임 딱지 붙여요.

"연설문에 들어갈 내용이 정해졌으니까 이제 연설문을 한번 만들어 보자."

재호의 말에 친구들은 그 자리에서 각자 연설문을 써 보기로 했어요.

"어떤 순서로 써야 하지?"

민정이의 질문에 유진이가 대답했어요.

"인사말을 한 뒤 재호가 전교 어린이 회장이 되어야 하는 이유와 공약을 써야겠지?"

하지만 준영이는 뭐가 바쁜지 유진이의 말은 듣지도 않고 후다닥 연설문을 써서 친구들에게 보여 주었어요. 하지만 순서가 제멋대로이고 공약으로 내세운 주장에 대한 적절한 근거가 없어서 아이들은 그만 웃음을 터뜨리고 말았어요.

"피, 웃지 마. 나도 연설문 쓰기는 처음이야."

준영이가 부끄러워하며 말했어요.

저는 전교 어린이 회장이 꼭 되고 싶습니다.
제가 전교 어린이 회장이 되면
학교 운동장에서 마음껏 축구를
할 수 있게 하겠습니다.
중학생이 학교에 들어오면 불편하니까
들어오지 못하게 하겠습니다.
다양한 특별 활동반도 만들겠습니다.
아참, 저는 6학년 5반 이재호입니다.
저는 오랫동안 학급 회장을 했습니다.
책임감도 강합니다.

 분석력 1. 준영이가 쓴 연설문에서 주장과 근거가 잘 드러난 문장은 어느 것인가요?

(   )

① 오랫동안 학급 회장을 했습니다.
② 다양한 특별 활동반을 만들겠습니다.
③ 전교 어린이 회장이 꼭 되고 싶습니다.
④ 학교 운동장에서 마음껏 축구를 할 수 있게 하겠습니다.
⑤ 중학생이 학교에 들어오면 불편하니까 들어오지 못하게 하겠습니다.

분석력 2. 연설문은 '처음, 가운데, 끝'의 순서로 써야 합니다. 선거 연설을 위한 연설문도 마찬가지입니다. 다음 짜임을 보면서 준영이가 쓴 선거 연설문의 문제점을 빈칸에 써 보세요.

짜임	일반적인 연설문	선거 연설문	준영이가 쓴 선거 연설문의 문제점
처음	듣는 사람의 관심을 끄는 내용	시작하는 말(인사말), 자기소개	시작하는 인사말이 없고, 자기소개는 뒷부분에 있다.
가운데	해결해야 할 문제와 해결 방법	출마한 까닭과 공약	
끝	듣는 사람이 행동하도록 요구하는 내용	마지막 지지 부탁	지지를 부탁하는 말이 없다.

논술 3. 이 글에서는 공약으로 내세우고 있는 다음 주장에 대한 근거가 빠져 있습니다. 주장에 알맞은 근거를 빈칸에 써 보세요.

공약으로 내세우는 주장	근거
운동장에서 마음껏 축구를 할 수 있게 하겠다.	(1)
다양한 특별 활동반을 만들겠다.	(2)

이번에는 유진이가 자신이 쓴 연설문을 읽었어요.

전교 어린이 회장 후보 이재호입니다. 저는 현재 6학년 4반 회장을 맡고 있습니다. 저는 책임감이 강한 성격이라서 3학년 때부터 학급 회장을 맡아 선생님과 반 친구들을 도와 왔습니다. 이 경험을 살려 전교 어린이 회장이 된다면 여러분에게 도움을 줄 수 있는 일을 열심히 하려고 이렇게 출마하게 되었습니다.

제가 전교 어린이 회장이 된다면 우선 학교 운동장에서 마음껏 축구를 할 수 있게 하겠습니다. 동네 놀이터에서는 축구를 하기 힘드니 학교 운동장에서라도 축구를 마음껏 할 수 있도록 허용해야 한다고 생각합니다. 축구는 재미있고 건강에도 좋은 운동이기 때문입니다.

또 중학생의 학교 출입을 막겠습니다. 중학생이 학교에 들어와서 놀면 우리가 놀 곳이 없어지는 경우가 많습니다. 또 우리에게 좋지 않은 말과 행동을 하는 중학생 형들과 누나들도 있습니다. 그런 일이 없게 하려면 중학생의 학교 출입을 철저하게 막아야 한다고 생각합니다.

마지막으로 다양한 특별 활동반도 만들겠습니다. 학생들이 특별 활동반에서 여러 가지 경험을 할 수 있도록 하겠습니다. 이런 경험은 우리가 꿈을 찾고, 취미 활동을 하는 데 큰 도움이 될 것입니다.

1. 유진이가 쓴 연설문을 읽고 공약으로 내세운 주장에 대한 근거를 찾아 줄로 이으세요.

(1) 운동장에서 축구를 할 수 있게 하겠다. •

(2) 중학생의 학교 출입을 막겠다. •

(3) 다양한 특별 활동반을 만들겠다. •

• ㉠ 꿈을 찾고, 취미 활동을 하는 데 도움이 되기 때문에

• ㉡ 축구는 재미있고 건강에도 좋은 운동이라서

• ㉢ 좋지 않은 말과 행동으로 피해를 줄 수 있으므로

2. 유진이가 쓴 연설문은 준영이가 쓴 연설문보다 내용은 자연스럽지만 부족한 부분이 있습니다. 재호가 유진이의 연설문을 읽고 부족한 부분에 대해 어떻게 말했을지 빈칸에 써 보세요.

유진아, 네가 쓴 연설문에는

이(가) 빠졌어.

끝부분에는 이 말이 들어가는 것이 좋지 않을까?

3. 아무리 좋은 공약도 지켜지지 않는다면 아무 소용이 없어요. 선거 연설을 할 때 공약을 내세우려면 먼저 무엇을 고민해야 하는지 써 보세요.

그때 과묵한 도민이가 유진이의 연설문을 듣고 말했어요.

"유진이의 연설문은 매끄럽기는 하지만 약간 심심한 것 같아. 또 처음 부분과 끝부분이 없는 것도 마음에 걸려."

"그러고 보니 네 말이 맞는 것 같아. 연설문 쓰기가 생각보다 쉽지 않네."

유진이가 고개를 끄덕이며 말했어요.

아이들은 어떻게 하면 더 멋진 연설문이 될지 곰곰이 생각했어요.

"처음 부분에 아이들이 집중할 수 있을 만한 인상 깊은 인사말을 넣으면 좋겠어."

"그래, 날씨 이야기를 하거나 간단한 소품을 이용해 시선을 끌어도 좋을 것 같아."

재호의 말에 준영이도 한마디 거들었어요.

"끝부분은 어떻게 써야 할까?"

유진이가 아이들을 둘러보며 물었어요.

"끝부분에서는 자신을 꼭 전교 어린이 회장으로 뽑아 달라고 말하고, 희망적으로 마무리하는 것이 좋겠어. 부정적으로 말하면 아이들이 절대 전교 어린이 회장으로 뽑아 주지 않을 테니까."

민정이가 대답을 하였어요.

1. 도민이는 유진이의 연설문에 부족한 부분이 무엇이라고 했나요? (   )

① 처음 부분과 끝부분 없이 하고 싶은 말만 썼다.

② 듣는 사람이 궁금해하는 내용을 쓰지 않았다.

③ 듣는 사람이 너무 어리다고 생각하고 글을 썼다.

④ 글쓴이가 하고 싶은 말이 제대로 전달되지 않았다.

⑤ 자기 자랑만 늘어놓아서 공감을 이끌어 내기 힘들다.

 2. 선거 연설문의 처음 부분에 들어갈 말로 알맞지 <u>않은</u> 것은 무엇인가요? (   )

① 방가방가, 만나서 반가워!

② 새소리가 기분 좋은 아침입니다.

③ 여러분, 부족하지만 귀 기울여 주시기 바랍니다.

④ 오늘처럼 의미 있는 날, 이 앞에 서게 되어 영광입니다.

⑤ 여러분을 만난다는 생각에 오늘 아침 무척 설레었습니다.

3. 여러분이 전교 어린이 회장 선거에 나간다면 선거 연설문의 처음 부분을 어떻게 쓸지 생각해 보고, 다음 내용이 들어가도록 써 보세요.

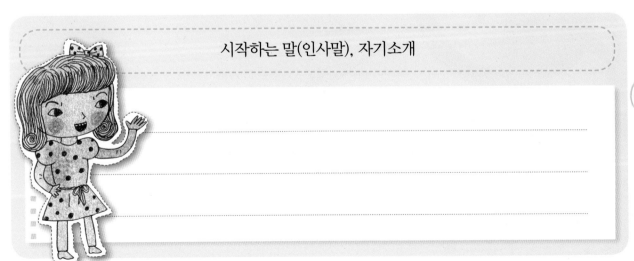

시작하는 말(인사말), 자기소개

4주 2일
학습 끝!

붙임 딱지 붙여요.

119

여러분, 저를 전교 어린이 회장으로 꼭 뽑아 주십시오. 제가 전교 어린이 회장이 된다면 우리 학교가 달라질 것입니다. 매일매일 등교 시간이 신나는 학교, 반가운 친구들, 집에 가기 싫을 만큼 즐거움이 가득한 학교가 될 것입니다.

기호 3번 이재호입니다. 믿고 뽑아 주시면 열심히 일하겠습니다.

민정이는 자신이 쓴 연설문의 마무리를 읽어 주었어요.

"어때? 마무리가 잘된 것 같니?"

민정이가 끝부분을 읽고 나서 물었어요.

"훌륭해. 내용도 매우 희망적이고, 설득하는 말로 재호를 전교 어린이 회장으로 뽑아 달라고 했으니, 연설하는 목적도 잘 나타난 셈이지."

준영이의 칭찬에 민정이가 어깨를 으쓱하며 말했어요.

"좀 더 희망적으로 쓸 수도 있어. 예를 들어, '시험 없는 학교, 우리가 만들어 갑시다.'라고 말이야."

민정이가 목청을 높이며 연설조로 말하자 아이들은 배꼽을 잡고 웃었어요.

"시험 없는 학교? 그거 좋은 공약이 될 수 있겠는걸. 이참에 공약을 바꿀까?"

준영이는 반기듯 박수를 치며 말했어요.

＊ 연설조: 연설하는 투의 어조.

 1. 연설문의 끝부분을 쓸 때 주의할 점은 무엇인가요? (   )

① 비관적인 내용을 쓴다.　　　　　② 짧고 간결한 문장으로 쓴다.

③ 아름다운 말을 넣어 무조건 길게 쓴다.　　④ 사람들을 설득할 수 있게 과장하여 쓴다.

⑤ 친근감을 줄 수 있도록 끝은 반말로 쓴다.

2. 연설문의 끝부분은 듣는 사람의 반응을 이끄는 데 매우 중요합니다. 다음 김구의 연설 끝부분을 들은 사람들의 반응으로 알맞지 <u>않은</u> 것은 무엇인가요? (   )

나는 우리나라가 남의 것을 모방하는 나라가 되지 않고, 이러한 높고 새로운 문화의 근원이 되고 목표가 되고 모범이 되기를 원합니다. 그래서 진정한 세계의 평화가 우리나라에서, 우리나라로 말미암아 세계에 실현되기를 원합니다. 동포 여러분, 이러한 나라가 된다면 얼마나 좋겠습니까? 나는 우리의 힘으로, 특히 우리 교육의 힘으로 반드시 이 일이 이루어질 것을 믿습니다.

① 주체적인 정신을 갖자.　　　　② 우리 교육의 힘을 키우자.

③ 일본의 교육 정책을 따르도록 하자.　　④ 우리나라에 대한 자부심을 갖자.

⑤ 지금은 힘들지만 미래에 대한 희망을 갖자.

3. 여러분이 전교 어린이 회장 선거에 나간다면 연설문의 끝부분을 어떻게 쓸지 생각해 보고, 다음 내용이 들어가도록 써 보세요.

　자신을 꼭 지지해 달라는 부탁, 희망을 주는 마무리 내용

드디어 전교 어린이 회장 선거일이 내일로 다가왔어요. 조회 시간에 전교 어린이 회장 후보들이 전교생 앞에서 연설을 하기로 예정되었어요. 전교 어린이 회장 후보들의 연설이 끝나면 3교시부터 전교생이 투표를 할 거예요.

"아, 떨린다, 떨려."

재호가 긴장된 목소리로 말했어요. 그동안 열심히 선거 운동을 도운 친구들은 재호를 다시 한번 격려했어요.

"떨지 말고 자신 있게 또박또박 말해야 해. 너라면 할 수 있어."

"앞에 있는 아이들을 바라보며 말해야 해. 연설문만 보고 말하면 안 돼."

"강조할 때는 손을 앞으로 뻗으며 이야기해야 더 설득력이 있다는 것 알지? 연습한 것 절대 잊지 마."

"다음 후보자가 있으니까 정해진 시간 안에 연설을 마쳐야 해."

아이들은 제각각 주문 사항을 재호에게 당부했어요.

"니무 떨려서 연설문도 모두 잊어 먹게 생겼는데, 그걸 다 어떻게 기억하지?"

재호는 거의 울상이 되었어요.

※ **설득력**: 상대편이 이쪽 편의 이야기를 따르도록 깨우치는 힘.

1. 연설을 할 때의 주의 사항이 <u>아닌</u> 것은 어느 것인가요? (   )

① 자신 있게 또박또박 말해야 한다.

② 듣는 사람을 바라보고 연설해야 한다.

③ 듣는 사람의 특징을 살펴서 연설해야 한다.

④ 연설 내용에 어울리는 표정과 몸짓을 해야 한다.

⑤ 시간 제한 없이 자신이 원하는 만큼 길게 연설한다.

추리력 2. 이 글에서 아이들은 전교 어린이 회장 선거를 합니다. 다음 중 민주주의 선거의 원칙이 <u>아닌</u> 것은 어느 것인가요? (   )

① 투표는 직접 해야 한다.

② 한 사람이 한 표씩 투표한다.

③ 성인이 되면 누구에게나 선거권이 주어진다.

④ 투표 내용을 다른 사람에게 말하지 않아야 한다.

⑤ 몸이 아픈 사람은 다른 사람에게 투표를 부탁한다.

논술 3. 이 글에서는 연설할 때의 주의 사항을 말하고 있습니다. 주의 사항을 잘 지켜 연설하면 좋은 점을 써 보세요.

친구들에게 엄살을 부리기는 했지만 재호는 연설문을 차분히 읽으며 마음을 진정시켰어요. 그동안 친구들의 도움을 받으며 연설 준비를 철저하게 했기 때문에 시간이 갈수록 자신감이 붙었지요.

드디어 전교 어린이 회장 후보들의 연설이 시작되었어요.

순서를 기다리며 재호는 후보자들의 연설을 듣기 위해 모인 학생들을 쭉 둘러보았어요. 그 아이들 중 자신을 뽑아 줄 사람이 있을 것이라는 생각을 하면서요.

아이들의 모습은 모두 제각각이었어요. 손톱을 깨무는 아이, 콧구멍을 파는 아이, 멍하니 하늘을 보고 있는 아이, 친구와 머리를 맞대고 수다를 떠는 아이, 앞에 있는 친구의 머리카락을 잡아당기며 장난치는 아이, 아침부터 조는 아이, 턱을 받치고 딴생각에 빠져 있는 아이까지.

재호는 마음속으로 생각했어요.

'저렇게 어수선한데 어떻게 집중을 시키지? 아무도 내 연설에 귀 기울여 주지 않으면 정말 난감할 거야.'

가까스로 붙은 자신감이 다시 저만큼 밀려났어요.

1. 이 글에서 재호의 자신감이 다시 없어진 까닭은 무엇인가요? (   )

① 연설문을 잃어버려서
② 교장 선생님이 계셔서
③ 딴청을 피우는 친구들이 많아서
④ 연설을 듣는 친구가 너무 많아서
⑤ 앞 순서의 후보가 연설을 매우 잘해서

 2. 다음 중 연설을 듣는 태도로 바람직하지 <u>않은</u> 것은 무엇인가요? (   )

① 흥미로운 이야기만 집중하며 듣는다.
② 연설하는 사람의 주장을 생각하며 듣는다.
③ 문제 해결 방법이 맞는지 생각하며 듣는다.
④ 좋은 의견에 대해서는 적절한 반응을 하며 듣는다.
⑤ 내 생각과 어떤 점이 다른지, 혹은 어떤 점이 같은지 생각하며
   듣는다.

3. 선거 연설을 듣는 아이들의 모습은 제각각이었습니다. 연설을 들을 때에는 어떤 자세와 마음가짐이 필요할지 써 보세요.

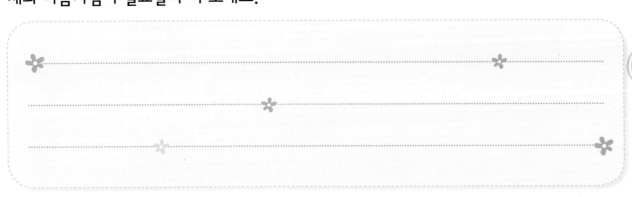

4주 3일
학습 끝!

붙임 딱지 붙여요.

안녕하십니까? 전교 어린이 회장 선거 후보 1번 김규석입니다.

전교 어린이 회장 선거에 나서며 저는 오늘 스펀지를 준비했습니다. 여러분, 스펀지에 물이 닿으면 스펀지가 물을 모두 빨아들입니다. 저는 이런 스펀지 같은 전교 어린이 회장이 되겠습니다.

여러분의 의견에 항상 귀 기울이겠습니다. 전교 어린이 회장이라는 이유로 자신의 주장대로 학생들이 따라오기만을 바라서는 안 된다고 생각합니다. 전교 어린이 회장은 학생들이 있고 나서 존재하기 때문입니다. 그래서 저는 여러분 한 사람 한 사람의 의견을 먼저 듣고 바람직한 방향으로 이끌어 가겠습니다.

스펀지는 물을 잘 빨아들여 목욕을 하거나 설거지를 할 때 몸이나 그릇 등을 깨끗하게 닦는 도구입니다. 저 또한 무슨 일이든 우리 학교를 깨끗이 하는 일이라면 도맡아서 하겠습니다. 전교 어린이 회장이 먼저 희생하고 노력하는 것이 학생들 앞에서 늘어놓는 긴 연설보다 더 효과가 있다고 생각하기 때문입니다. 전교 어린이 회장이 되면 말보다 행동으로 먼저 보여 주겠습니다.

스펀지 회장 1번을 꼭 기억해 주십시오.

이해력　2. 이 글에서 규석이가 친구들에게 보다 인상 깊은 모습을 심어 주기 위해 준비한 소품은 무엇인가요? (　　　)

①
지휘봉

②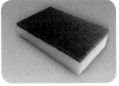
스펀지

③
실내화

④
장난감

추리력　2. 다음은 선거 연설에서 주장과 근거가 적절한지를 평가하는 기준입니다. 그 기준으로 알맞지 <u>않은</u> 것은 무엇인가요? (　　　)

① 주장이 실천 가능한가?
② 주장에 따른 근거가 타당한가?
③ 혼자서도 잘 해낼 수 있는 일인가?
④ 주장이 정말로 가치 있고 중요한 일인가?
⑤ 주장과 근거를 말하는 사람을 신뢰할 수 있는가?

논술　3. 규석이는 스펀지 같은 전교 어린이 회장이 되겠다는 공약을 내세우며 그에 따른 여러 가지 주장과 근거를 말하였습니다. 규석이의 주장과 근거가 적절하지 <u>않은</u> 부분은 없는지 살펴보고 그것에 대한 여러분의 의견을 써 보세요.

곧이어 두 번째 전교 어린이 회장 후보가 연설을 하였어요.

꽁꽁 언 학교 꿈동산의 눈이 녹으며 새순이 돋고 있습니다. 새 학기가 시작되면서 학생들의 웃음소리가 겨울나무를 깨우고 있는 것입니다. 저는 이 봄을 무척 좋아합니다. 안녕하십니까? 저는 전교 어린이 회장 후보 2번 왕빛나입니다.

저는 봄처럼 화사한 전교 어린이 회장이 되겠습니다. 봄은 여름을 불러내는 안내자입니다. 저는 여름날 같은 여러분의 뜨거운 열정을 불러내는 봄 같은 전교 어린이 회장이 되겠습니다. 우리에게 가장 필요한 것은 열정입니다. 열정이 있어야 노력해서 꿈을 이룰 수 있기 때문입니다. 그럼 그 열정은 어디에서 찾을 수 있을까요? 가장 쉽게 찾을 수 있는 곳은 책입니다. 재미있는 동화, 감동적인 위인전, 시대를 살피는 역사책을 보며 저마다 어떤 사람이 되어야겠다는 꿈을 꿀 것입니다. 무언가를 하고 싶은 열정이 생길 것입니다. 그래서 저는 책 읽기 활동을 적극적으로 실천할 계획입니다. 교장 선생님을 설득해 세계에서 가장 큰 도서관을 짓고, 외국 어린이 10만 명을 초청하여 글짓기 대회를 열겠습니다. 그리고 전교생이 하루에 책을 열 권씩 읽게 하겠습니다. 다 읽은 책을 도서관에 기부하는 운동도 펼칠 생각입니다. 독서 퀴즈 같은 독후 활동 행사도 다양하게 펼치겠습니다.

열정을 품고 있는 분, 꿈을 이루고 싶은 분, 후보 2번 왕빛나를 뽑아 주십시오.

이해력 1. 이 글에서 빛나가 열정이 중요하다고 주장한 까닭은 무엇인가요? (   )

① 열정이 있어야 건강하기 때문에

② 열정이 있어야 친구들이 좋아하기 때문에

③ 열정이 있어야 돈을 많이 벌 수 있기 때문에

④ 열정이 있는 것을 부모님이 좋아하기 때문에

⑤ 열정이 있어야 노력해서 꿈을 이룰 수 있기 때문에

분석력 2. 빛나는 학교에서 책 읽기 활동을 적극적으로 실천하겠다는 공약을 내걸었습니다. 이 공약을 이루기 위한 계획으로 실천 가능한 것 두 가지를 고르세요. (   )

① 독후 활동 행사 열기

② 세계에서 가장 큰 도서관 짓기

③ 다 읽은 책을 도서관에 기부하기

④ 전교생이 하루에 열 권씩 책 읽기

⑤ 외국 어린이 10만 명을 초청하여 글짓기 대회 열기

논술 3. 만약 연설하는 사람이 책 읽기를 즐겨 하지 않는 사람이라면 이 연설은 듣는 사람들에게 어떻게 받아들여질지 여러분의 의견을 써 보세요.

이번에는 재호 차례가 되었어요. 재호는 떨리는 마음을 가라앉히며 연설을 했어요.

안녕하십니까? 전교 어린이 회장 후보 3번 이재호입니다.

전교 어린이 회장 선거에 나서며 저는 친구의 소중함을 깨달았습니다.

"넌 학급 회장을 많이 했으니 그 경험으로 책임감 있게 잘할 거야."

친구들의 이런 격려와 도움은 큰 힘이 되었습니다. 그래서 제 친구들을 위해, 더 나아가 우리 학교 친구들을 위해 일하고 싶어서 이 자리에 나오게 되었습니다.

저는 우리 학교 친구들을 위해 어떤 일을 하면 좋을까 생각했습니다. 먼저 운동장에서 마음껏 축구를 할 수 있게 하겠습니다. 좁은 골목보다는 넓은 운동장에서 안전하게 축구를 하면 얼마나 좋겠습니까? 또 중학생의 학교 출입을 막겠습니다. 중학생이 학교에 와서 놀면 우리가 놀 곳이 없어지기 때문입니다. 마지막으로 다양한 특별 활동반도 만들겠습니다. 학생들이 특별 활동반에서 여러 가지 경험을 할 수 있도록 하겠습니다.

여러분, 저를 전교 어린이 회장으로 꼭 뽑아 주십시오. 제가 전교 어린이 회장이 된다면 매일 등교 시간이 신나는 학교, 반가운 친구들이 있는 학교, 즐거움이 가득한 학교가 되도록 최선을 다하겠습니다.

기호 3번 이재호입니다. 여러분이 믿고 뽑아 주시면 열심히 하겠습니다.

드디어 재호의 연설이 끝났어요. 과연 재호가 전교 어린이 회장이 될 수 있을까요?

이해력 1. 재호는 전교 어린이 회장 선거를 준비하는 과정에서 무엇을 깨달았다고 했나요?

(   )

① 친구는 소중하다.   ② 나는 친구가 많다.

③ 나는 책임감이 강하다.   ④ 친구들의 도움은 필요 없다.

⑤ 나는 회장이 될 자격이 충분하다.

비판력 2. 재호는 연설문을 기초로 해서 멋진 연설을 했습니다. 다음 중 연설문을 쓰고 나서 꼭 점검해야 할 부분이 아닌 것 두 가지를 고르세요. (   )

① 소리 내어 읽었을 때 자연스러운가?

② 주장과 근거가 잘 드러나게 썼는가?

③ 정해진 시간 안에 충분히 말할 수 있는가?

④ 유식해 보이도록 어려운 용어를 많이 썼는가?

⑤ 연설문을 어떤 색깔 종이에 옮겨 적을 것인가?

논술 3. 여러분은 앞에서 전교 어린이 회장 선거에 나간다면 어떤 공약을 할지, 처음과 끝 부분은 어떻게 쓸지 써 보았습니다. 이 내용들을 바탕으로 하여 선거 연설문을 다음 짜임에 따라 완성해 보세요.

짜임	들어갈 내용	나의 선거 연설문
처음	시작하는 말, 자기소개	(1)
중간	공약 (하고 싶은 말)	(2)
끝	지지 부탁, 마무리하는 말	(3)

4주 4일 학습 끝!

붙임 딱지 붙여요.

131

되돌아봐요

1 다음 중 연설문을 쓰기에 알맞은 내용은 어느 것인가요? (   )

① 김치 담그는 법   ② 할머니 댁 가는 길

③ 나는 어떤 사람일까?   ④ 한글을 만든 세종 대왕

⑤ 다 함께 쓰레기를 줄이자.

2 다음은 주장과 그에 따른 근거입니다. 주장과 근거가 어울리는 것끼리 줄을 이으세요.

(1) 지나친 포장은 하지 말자.   •

(2) 음식 낭비를 하지 말자.   •

(3) 분리배출을 잘하자.   •

(4) 물건을 아껴 쓰자.   •

㉠ 쓸데없이 많은 물건을 사면 쓰레기도 그만큼 늘어난다.

㉡ 음식을 많이 준비해서 다 먹지 못하면 음식물 쓰레기가 늘어난다.

㉢ 포장지는 나중에 다 쓰레기가 되므로 지나치게 화려할 필요가 없다.

㉣ 분리배출을 하면 쓰레기를 재활용할 수 있어 쓰레기를 줄일 수 있다.

3 2번 내용을 바탕으로 연설문을 쓰려고 합니다. 다음에 알맞은 답을 써 보세요.

(1) 주제에 알맞은 제목을 써 보세요.

(2) 주제에 어울리는 주장을 두 가지 이상 써 보세요.

(3) 주장에 알맞은 근거에 어떤 것들이 있는지 생각하여 써 보세요.

(4) 연설문을 쓰기 전에 '처음, 가운데, 끝' 부분으로 연설문의 짜임을 세워 보세요.

(5) 위 순서에 따라 멋진 연설문을 완성해 보세요.

궁금해요

연설문은 어떤 글일까요?

글은 사람의 생각을 나타내는 것입니다. 자신이 고민하는 일, 느끼고 깨달은 일 등을 글로 나타 낼 수 있습니다. 그중에는 자신의 주장을 다른 사람에게 전하기 위해 쓰는 글도 있습니다. 연설 문이 바로 그런 글 중의 하나입니다. 많은 사람들 앞에서 연설을 통해 자신의 의견을 말하고, 설 득하기 위해 쓰는 연설문은 어떤 특징을 가지고 있을까요?

연설문이란 무엇일까요?

연설문은 많은 사람들 앞에서 연설을 할 때 쓰는 글입 니다. 연설은 선거에서 자신을 뽑아 달라고 할 때(회장 선거, 전교 어린이 회장 선거, 대통령 선거 등), 자신의 의견을 주장하여 다른 사람을 설득할 때(쓰레기 분리배 출이나 에너지 절약 등을 강조할 때), 졸업식, 입학식, 취 임식 등의 행사에서 인사말을 할 때 주로 합니다.

▲ 연설 중인 마틴 루서 킹

연설문의 특징은 무엇일까요?

- 연설문의 처음 부분은 듣는 사람의 관심을 끄는 내 용으로 써야 해요.
- 연설문은 듣는 사람이 이해하기 쉽게 써야 해요.
- 연설문은 여러 사람 앞에서 하는 것이므로 높임말을 써야 해요.
- 연설문은 연설을 듣는 사람, 연설하는 시간 등을 생각해서 써야 해요.
- 연설문의 목적 중 하나는 다른 사람을 설득하는 것이므로, 주장과 근거가 글에 잘 나타나야 해요.
- 선거 연설을 위한 연설문에서는 자신을 지지해 달라는 부탁의 말을 해야 해요.

연설문의 짜임은 어떻게 세울까요?

- 처음: 듣는 사람의 관심을 끄는 내용을 써요.
- 가운데: 해결해야 할 문제와 그 문제에 대한 해결 방법을 써요.
- 끝: 듣는 사람의 변화를 이끌어 내거나 어떤 행동을 하도록 요구하는 내용을 써요.

어떻게 하면 연설문을 잘 쓸 수 있을까요?

- 연설하려고 하는 주제가 무엇인지 생각해요.
- 주제에 어울리는 주장을 생각해요.
- 주장을 뒷받침하는 근거, 문제 해결 방법을 찾아요.
- 연설문에 쓸 이야기의 내용과 순서를 정해요.
- 순서에 따라 쉽고 짧은 문장으로 글을 써요.
- 다 쓴 연설문을 읽어 보고 잘못된 부분이나 부족한 부분을 고쳐요.

연설문은 어떤 순서로 쓸까요?

주제 정하기 / 주제에 어울리는 주장 생각하기 / 근거, 문제 해결 방법 찾기 / 내용과 순서 정하기 / 순서에 따라 쓰기 / 잘못된 부분 고치기 / 출발 / 도착

연설은 어떻게 하고, 어떻게 들을까요?

연설은 이렇게 해요	연설은 이렇게 들어요
• 듣는 사람을 바라보고 연설한다. • 자신 있게 또박또박 말한다. • 내용에 어울리는 표정과 몸짓을 한다. • 정해진 시간 안에 연설한다.	• 연설하는 사람의 주장을 생각하며 듣는다. • 주장의 근거와 문제 해결 방법이 알맞은지 생각하며 듣는다. • 연설 내용에 알맞은 반응을 하며 듣는다.

✎ 다른 사람의 연설을 가장 집중해서 들었을 때는 언제이고, 그중 무엇이 기억에 남았는지 써 보세요.

내가 할래요

사이버 세상에도 예절이 필요해요!

다음 글은 악성 댓글로 괴롭히는 한 사람에 대한 신문 기사입니다. 인터넷 사용이 늘면서 악성 댓글로 고통받는 사람이 늘어나고 있습니다. 다음 글을 참고하여 '사이버 세상에서도 예절을 지킵시다.'라는 주제로 글의 짜임을 세운 다음 한 편의 연설문을 써 보세요.

○○일보	○○○○년 ○○월 ○○일 ○요일

얼마 전 생방송 라디오 방송에서 진행자가 울음을 터뜨리는 일이 있었다. 인기 가수이기도 한 진행자는 도덕적 잘못을 저지른 적도 없는데 사람들이 단지 마음에 들지 않는다는 이유로 악의적인 댓글을 라디오 게시판에 올리는 바람에 눈물을 참을 수 없었다고 한다.

짜임	주요 내용
처음	(1)
가운데	(2)
끝	(3)

4주
학습 끝!

확인할 내용	잘함	보통임	부족함
1. 이번 주 학습을 5일(월요일~금요일) 안에 끝마쳤나요?			
2. 연설문의 특징을 잘 이해하였나요?			
3. 연설문을 어떤 순서로 쓰는지 잘 이해하였나요?			
4. 연설문 쓰기를 잘할 수 있나요?			

(4)

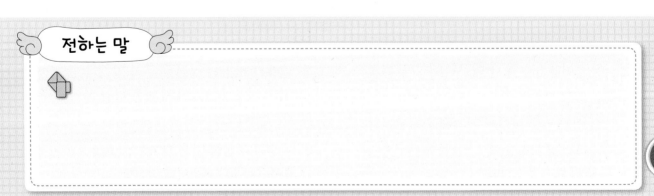

악플

으흐흐

1주 컴퓨터 천재 빌 게이츠

빌 게이츠

1 ⑤   2 (1) 성경 (2) 불경 (3) 쿠란   3 예 스스로 찾아서 하는 공부는 재미있고 공부에 능률도 오르지만, 다른 사람이 시켜서 하는 공부는 같은 시간을 투자한다고 해도 스트레스가 많이 쌓이기 때문에 공부도 재미없고 능률도 오르지 않는다.

1 빌 게이츠는 성경 구절 외우는 일을 재미있는 도전으로 생각했습니다.

3 공부할 때 스스로의 경험을 떠올려 보며 두 경우의 공통점과 차이점을 써 봅니다.

1 ⑤   2 ①, ③, ④   3 예 나는 운동을 아주 좋아해. 그래서 운동이라면 뭐든지 즐겨 하지. 어릴 때는 축구를 많이 했는데 4학년 때부터는 야구를 많이 했어. 야구 규칙도 많이 아니까 궁금한 게 있으면 뭐든 물어봐.

2 계산을 하거나 치수를 잴 때, 도형을 그릴 때 필요한 도구를 찾아봅니다.

3 전학을 가서 처음 만나는 친구에게 자신을 소개할 때에는 좋아하는 것, 친구들과 하고 싶은 것 등을 말하면 좋습니다.

1 ②   2 ⑤   3 예 도서관에 새로 들여온 책이 있다는 말을 듣고 매일 도서관을 찾아갔다. 하지만 순서를 기다리는 친구들이 많아서 일주일이나 기다려야 했다. 드디어 내가 읽을 순서가 되어서 책을 빌리게 되었을 때의 기쁨과 보람을 잊지 못한다.

2 컴퓨터가 처음 나왔을 때에는 중앙 컴퓨터 한 대에 단말기를 연결해서 사용했습니다.

3 오랜 시간을 투자할 만큼 충분한 가치가 있는 일이라면 그 일을 성취했을 때의 보람도 클 것입니다. 여러분의 경험을 떠올려 보고 오랜 시간을 기다리는 동안 어떤 마음이었는지, 그 일을 성취했을 때는 어떤 기분이었는지 써 봅니다.

1 ②   2 ①   3 예 나는 양보하는 마음이 부족한 것 같다. 그래서 친구들과 자주 다투는 것 같다. 앞으로는 다른 사람의 입장이 되어 생각하는 마음을 길러야겠다.

2 컴퓨터 사용의 장점은 무척 많습니다. 그중에서도 인터넷으로 전 세계를 하나로 이어 주는 큰 장점이 있습니다.

3 자신의 부족한 점을 찾아보고 고치려고 노력한다면 더 나은 모습으로 발전할 수 있습니다.

1 ① 　2 ③ 　3 예 나는 컴퓨터가 백과사전처럼 궁금증을 모두 해결해 주는 점이 가장 좋다. 컴퓨터만 켜면 인터넷을 통해 수많은 정보를 쉽게 얻을 수 있어서 내게는 컴퓨터가 만능 박사처럼 느껴진다.

3 컴퓨터는 많은 정보를 저장하고 공유할 수 있다는 장점이 있습니다.

1 ④, ⑤ 　2 (1) ⓒ (2) ⓔ (3) ⓖ (4) ⓝ 　3 예 학교 숙제를 할 때 컴퓨터로 정보를 찾거나 문서를 작성한다. / 보고 싶은 영화가 있을 때 인터넷으로 영화 예고편을 보거나 영화 관련 정보를 확인한다.

3 학교에서 수업을 할 때에도 컴퓨터를 사용합니다. 학생들은 여러 가지 정보를 찾는 것 외에 어학 공부를 할 때에도 컴퓨터를 많이 사용합니다.

1 ⑤ 　2 ①, ③, ④ 　3 예 꿈에 대한 열정으로 포기하지 않고 끝까지 도전한다면 그에 따른 값진 성공의 열매를 얻게 될 것이다. 또한 거절당하거나 실패하는 것은 가슴 아픈 일이지만 그런 일을 겪으면서 사람들은 많은 것을 배우게 될 것이다. 그런 값진 경험을 한 단계 한 단계 밟고 올라서면 반드시 꿈을 이룰 수 있을 것이다.

1 빌 게이츠와 친구들은 프로그램을 직접 만들어 시애틀에서 포틀랜드로 컴퓨터 회사를 찾아갔습니다.

3 '실패는 성공의 어머니'라는 말이 있습니다. 실패를 통해 얻은 깨달음과 경험은 좋은 밑거름이 되어 이후에 성공을 가져올 수 있습니다.

1 ⑤ 　2 예 (1) '맑게 갠 하늘에서 치는 날벼락'이라는 뜻으로, '뜻밖에 일어난 큰 사건'을 비유적으로 이르는 말이다. (2) 어제 아버지는 우리 식구에게 청천벽력 같은 소식을 알렸다. 　3 예 빌, 너무 슬퍼하지 마. 켄트의 죽음은 몹시 가슴 아픈 일이지만, 언제까지 슬픔에 빠져 지낼 수만은 없잖니. 켄트와 함께했던 즐거운 추억들을 가슴에 영원히 간직하자. 그리고 켄트가 못다 이룬 꿈을 우리가 이루도록 하자. 멋진 컴퓨터 프로그램을 만들어 켄트에게 바치는 거야. 힘내렴.

3 위로하는 글을 쓸 때에는 상대를 배려하는 마음을 담아서 써야 합니다.

1 (1) ⓖ (2) ⓔ (3) ⓝ (4) ⓒ 　2 마이크로소프트사
3 예 이제 컴퓨터는 손에 들고 다니는 휴대품이 되었다. 언제 어디서든 컴퓨터를 이용해 정보를 검색하고, 컴퓨터 프로그램을 이용할 수 있게 되었다. 컴퓨터가 사람의 손발, 머리가 되어 주는 것이다.

3 스마트폰이나 태블릿 PC 등을 언제 어디서나 손쉽게 사용하는 것은 컴퓨터의 발전된 모습을 보여 주는 예에 해당합니다.

1주 31쪽

1 ⑤ **2** ⑤ **3** 예 컴퓨터 프로그램을 만들기 위해 노력한 사람들에게 대가를 지불하는 것이 옳다고 생각한다. 그런 대가를 지불하지 않는다면 편리하고 좋은 프로그램을 만드는 사람들이 사라져 결국 더 이상 발전이 이루어지지 않기 때문이다.

2 저작권은 영화, 소설, 음악 등의 창작물에 대하여 창작한 사람이 가지는 권리입니다.

3 빌 게이츠는 프로그램 개발에 대한 노력의 대가를 치러 주어야 한다고 생각하고, 프로그램을 복사하는 행위를 도둑질이라고 말했습니다.

1주 33쪽

1 ④ **2** (1) ㉡ (2) ㉠ (3) ㉢ **3** 예 빌 게이츠는 다양한 컴퓨터 프로그램을 만들어 컴퓨터 사용을 편리하게 만들었다. 윈도 프로그램으로 간단하게 컴퓨터를 실행시킬 수 있게 하였고, 컴퓨터로 문서 작업, 계산 등을 할 수 있는 프로그램을 만들었다. 그 덕분에 많은 사람들이 컴퓨터를 손쉽게 사용하게 되었다.

2 기업들은 더 좋은 품질의 상품을 개발하고, 조금이라도 가격을 더 낮추고, 더 친절한 서비스를 제공하는 식의 경쟁을 합니다.

3 설명하는 글은 사실을 있는 그대로 써야 합니다. 생각이나 느낌을 쓰면 안 됩니다.

1주 35쪽

1 ③ **2** ⑤ **3** 예 나는 어린이날에 그동안 모은 저금통을 헐어서 가정 형편이 어려운 어린이들을 돕고 싶다. 가정 형편이 어려운 어린이들도 그 날만큼은 먹고 싶은 것을 마음대로 먹었으면 좋겠다.

1 빌 게이츠는 회사를 그만두고 부인과 함께 자선 단체를 만들어 적극적인 자선 사업을 벌이고 있습니다.

3 지금 당장 나눌 수 있는 것과 미래에 나눌 수 있는 것이 무엇일지 생각해서 계획을 세워 봅니다.

1주 36~37쪽   되돌아봐요

1 (1) 레이크사이드 (2) 켄트 (3) 폴 앨런 (4) 컴퓨터 (5) 마이크로소프트사 (6) 백만장자, 자선 단체 **2** (1), (4), (2), (3), (5), (6) **3** (1) ○ (2) ○ **4** 예 빌 게이츠는 사람들의 생활에 컴퓨터가 많이 쓰일 것이라고 생각하고, 프로그램을 개발하는 데 자신의 능력을 모두 발휘했다. 그러고 나서는 나눔이 세상을 더 살기 좋게 만들 것이라 생각하고, 나눔을 실천하는 일을 자신의 최종 꿈으로 선택하였다.

3 빌 게이츠는 과거에는 컴퓨터 프로그래머였고, 현재는 자선 단체를 만들어 사회 활동을 활발히 벌이고 있습니다.

4 꿈은 자신이 원하는 삶을 살기 위한 것입니다. 빌 게이츠가 꿈을 통해 어떤 삶을 살기를 원하는지 써 봅니다.

다르게 생각하라

● 인터뷰에서 스티브 잡스가 한 말을 찾아봅니다.

㉠ 우리는 세상이 공평하지 않다고 느낄 때가 많이 있습니다. 다른 누군가는 가진 것이 많은데 자신은 그렇지 못하다는 것이지요. 하지만 누군가는 지금 여러분보다 더 적은 것을 가지고 있습니다. 그렇기 때문에 불평하기보다는 그 인생을 자신의 것으로 받아들이고 노력하는 자세가 필요합니다. 또 한 가지, 공부밖에 모르는 바보가 성공할 가능성이 높습니다. 이것은 공부를 잘하기 때문이 아니라 공부에 최선을 다하기 때문입니다. 공부든 다른 무엇이든 자신이 최선을 다해 할 일을 찾아 곧바로 실천하십시오.

● 연설문은 자신의 주장을 통해 상대방을 설득해야 하므로 근거가 타당하고 설득력이 있어야 합니다. 그러기 위해서는 누구나 공감할 수 있는 객관적인 근거를 제시할 수 있어야 합니다.

2주   봉수와 파발

봉수, 파발

1 ⑤   2 ②, ③   3 ㉠ 낙랑 공주, 그대의 조국은 낙랑이고 나의 조국은 고구려입니다. 당신과 나의 사랑을 위해서는 당신이 조국을 배신해야 합니다. 그러나 이 배신은 당신의 나라와 나의 나라가 하나가 되어 보다 발전된 나라를 만드는 데 밑거름이 되는 것입니다. 나와 앞으로 하나가 될 우리의 조국을 위해 자명고를 찢어 주십시오. 우리가 하나가 되듯 조국도 하나이어야 하기 때문입니다.

2 주몽의 아들인 온조가 위례성에 정착하여 세운 나라는 '백제'입니다. 또 낙동강 유역에서 성장한 나라는 '가야'입니다.

3 낙랑은 중국이 우리 땅에 세운 나라입니다. 서로 적으로 만난 상황에서 상대방을 설득하기 위해서는 앞으로 함께 나아갈 방향을 제시하는 것도 좋은 방법 중 하나입니다.

1 ④   2 ⑤   3 ㉠ 낙랑 공주가 자명고를 찢는 바람에 낙랑은 고구려가 침입한 사실을 제대로 알리지 못해 전쟁에 지고 말았다. 통신이 빠르고 정확했다면 낙랑은 고구려의 공격에 더 빨리 맞서 싸울 수 있었을 것이다. 따라서 통신 수단은 한 나라의 운명을 결정지을 만큼 매우 중요하다.

3 통신은 나라 안팎의 소식을 전하는 역할을 합니다. 중요한 소식을 제때에 전하지 못하면 나라가 위험에 빠질 수도 있습니다.

2주 49쪽

1 ① 2 해설 참조 3 ① 4 예 (1) 먼 거리까지 빠르고 간편하게 소식을 전할 수 있다. (2) 소식이 정확하게 전달되지 못하고, 누구나 볼 수 있어서 비밀스러운 소식을 전할 수는 없다.

2 '봉'은 밤에 불꽃으로 소식을 전하고 '거화'라고 도 했습니다. '수'는 낮에 연기로 소식을 전하고 '낭화'라고도 했습니다.

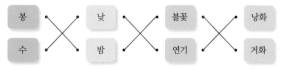

3 바람이 분다고 태양의 위치가 달라지지는 않습니다.

4 봉수 제도의 특징을 잘 생각해 보고 어떤 점이 좋고, 어떤 점이 불편할지 생각하여 써 봅니다.

2주 51쪽

1 (1) 연굴 (2) 연조 2 ① 3 예 봉군의 일은 적의 침입을 살펴서 위급한 상황이 되면 봉수를 피워 올려 알리는 것이다. 그러므로 평상시 신속하게 봉수 피우는 방법을 익혀 두어야 한다. 특히 국경선에 있는 봉군은 누구보다 책임감 있게 경계를 서야 한다. 자칫 맡은 임무를 다하지 않았을 때에는 나라가 큰 위험에 처할 수 있기 때문이다.

2 불을 끄려면 공기를 차단하거나, 열을 내리는 방법, 탈 것을 없애는 방법이 있습니다.

3 봉군은 주위 상황을 잘 살펴서 소식을 전하는 역할을 합니다. 맡은 일을 잘하기 위해 어떤 태도와 마음가짐이 필요할지 생각해 써 봅니다.

2주 53쪽

1 (1) ㉢ (2) ㉤ (3) ㉡ (4) ㉠ (5) ㉣ 2 ⑤ 3 예 우선 가족과 안전한 곳으로 피하고, 전쟁이 일어났을 때 국민으로서 나라를 위해 할 일이 무엇인지 알아본다.

2 우리나라는 고구려 광개토 대왕과 장수왕 때 영토가 가장 넓었습니다.

3 전쟁이 닥쳤을 때 어떻게 행동해야 할지 생각해 봅니다. 나라의 위급 상황에 대처하는 민방위 훈련을 할 때 가장 먼저 해야 하는 일은 안전한 곳으로 대피하는 것입니다.

2주 55쪽

1 연변 봉수 2 ㉡ 3 내지 봉수 4 예 봉수대 신호가 중간에 끊기면 그 신호를 전달받지 못한 지역의 사람들은 적이 공격해 오는 것을 모르기 때문에 대비를 하지 못할 것이고, 갑작스러운 공격으로 큰 피해를 입을 것이다.

1 봉수대의 가장 중요한 역할은 국경선에서 적의 동태를 살펴서 불을 피우는 것입니다.

4 적이 공격해 오는 위급한 상황에서 신호가 중간에 끊기면 적의 공격에 제대로 대처할 수 없습니다.

1 ⑤   2 (1) ㉣ (2) ㉠ (3) ㉠ (4) ㉢ (5) ㉣ (6) ㉡
3 예 인터넷이 단 몇 시간만 되지 않아도, 이동 통신 서비스가 잠깐 중단되어도 우리는 불편을 느낀다. 통신은 이제 개인에게도 중요하기 때문이다. 나의 경우에는 부모님이 나와 연락이 닿지 않아 걱정을 많이 하실 것 같다. 통신이 집 밖에서는 나와 가족을 연결시켜 주는 수단이기 때문이다.

1 임진왜란이 일어나기 전까지 조선은 태평성대를 이루었습니다. 전쟁도 오랫동안 일어나지 않아서 다급하게 신호를 보내는 봉수의 역할이 약해졌습니다.

3 통신이 개인에게 어떻게 사용되는지 생각해 보면 불편한 점을 알 수 있습니다.

1 ①, ④   2 ①   3 예 파발병과 말이 중간에 쉬어 갈 곳이 필요하다. 또 파발병에게 식사와 잠자리를 제공해 주는 사람, 말을 관리하는 사람 등이 많이 필요하다.

2 개인 정보의 노출은 통신 수단의 발달에 따른 편리해진 생활 모습이 아니라 문제점이라 할 수 있습니다.

3 파발을 잘 실시하려면 말과 사람이 다니는 길인 파발로를 잘 닦아야 하고, 파발병과 말의 교육, 관리 등이 필요합니다.

1 해설 참조   2 ⑤   3 예 마을은 사람이 모여 살기 시작하면서 생긴다. 파발로에는 파발 제도를 위해 파발병들이 모였고, 자연히 이들을 상대로 물건을 파는 사람들이 모였다. 또 파발병의 가족이나 역참을 관리하는 사람들이 더 모여들었다. 이렇게 사람들이 모여 자연스럽게 마을이 생겼다.

1 기발은 말을 타고 가고, 보발은 걷거나 뛰어가서 소식을 전합니다.

2 속력은 이동 거리를 이동 시간으로 나눈 값입니다. 따라서 한 시간에 가장 긴 거리를 간 사람이 속력이 가장 빠른 것입니다.

3 파발로에 꾸준히 사람들이 오가고 모이면 주변 환경도 그에 따라 변화하게 됩니다. 사람들이 하나둘씩 모여 살면서 마을을 이루는 것입니다.

1 ⑤   2 ⑤   3 예 교통이 발달하면 이동이 편리하기 때문에 지역 간의 교류가 활발해진다. 그래서 농수산물을 생산하는 농어촌과 공산품을 생산하는 도시와의 경제 교류가 활발해지면서 전국적으로 여러 가지 식품과 물품이 원활하게 공급된다.

3 교통의 발달은 정치, 경제, 사회, 문화적인 면에서 균형 있는 발전을 가져옵니다. 왜냐하면 빠르고 편리한 교통으로 인해 다양한 분야에서 교류하며 소통할 수 있기 때문입니다.

2주 65쪽

1 ①, ③, ⑤　**2** 예 동생을 데리고 가다 보니 학교 가는 데 한참 걸렸다.　**3** 예 아저씨, 정말 대단해요. 나라의 중요한 소식을 전하기 위해 목숨을 걸고 달리다니, 아저씨야말로 최고의 병사라고 생각해요. 하지만 승전 소식을 전하느라 목숨을 잃은 것은 정말 안타까워요. 아저씨 같은 훌륭한 병사를 잃었으니 말이에요.

3 마라톤의 유래에 얽힌 이야기에 자신의 생각이나 느낌을 써 봅니다.

2주 67쪽

1 ②　**2** ①　**3** 예 편지를 주고받는 일이 많이 사라졌고, 언제 어디서든지 전화로 간편하게 의사소통할 수 있어서 만나거나 직접 가지 않고 전화와 휴대 전화로 해결하는 일이 많아졌다.

2 옛날 사람들은 소식을 전하는 데 비둘기를 이용하기도 하였지만 오늘날에는 더 정확하고 빠른 통신 수단을 사용하고 있습니다.

3 전화와 휴대 전화를 사용함으로써 변화된 생활이 무엇일지 생각해 봅니다.

2주 68~69쪽　되돌아봐요

1 ④　**2** (1) X (2) ○ (3) ○ (4) X (5) X　**3** ㉠ 네 개(4개) ㉡ 이리 똥　**4** (1) 파발 (2) 봉수 (3) 신호 연 (4) 신기전　**5** 예 파발이 나라에 얼마나 중요한지 모르나요? 파발은 나라의 위험을 알리는 중요한 역할을 하고 있어요. 그런데 그런 파발을 개인적인 목적으로 함부로 사용하다니 그건 나라를 위험에 처하게 하는 일이에요.

1 파발은 사람이 직접 가서 소식을 주고받았기 때문에 정확한 소식을 전할 수 있습니다.

5 충고하는 말을 할 때에는 듣는 사람이 잘못을 뉘우칠 수 있는 명확한 근거를 들어 말하되 듣는 사람의 마음을 배려해야 합니다.

2주 71쪽　궁금해요

덕수궁

● 우리나라 최초의 전화기는 덕수궁 함녕전에 설치되었습니다.

2주 73쪽　내가 할래요

예 우리 아빠가 예전에 말해 주신 것입니다. "서울역에서 똥을 싸기 시작해서 다 쌌더니 대전이더군."(한 개그맨의 트위터에서) / 친구야, 나랑 신나게 놀자. 우리 집으로 놀러 와!

● 트위터는 140자 이내로 써야 하므로 간단명료하게 자신의 생각을 표현해야 합니다. 얼굴이 보이지 않는다고 내용을 올린 사람의 인격을 무시하거나 비속어, 은어 등을 쓰면 안 됩니다.

3주 75쪽 　생각 톡톡

인터넷

3주 77쪽

1② 2④ 3예 청소기는 우리 생활을 참 편리하게 해 준다. 과거에는 빗자루로 쓸고 걸레로 닦았는데, 청소기가 발명됨으로써 사람들은 훨씬 쉽고 빠르게 청소를 할 수 있게 되었다. 최근에는 작은 로봇 청소기가 혼자 돌아다니면서 먼지를 빨아들인다. 청소기가 더 발전하여 인공 지능 로봇이 나오면 청소를 알아서 할 수 있을 것이다.

2 유전자 복제 기술은 유전 과학이 발달되어 이루어진 사례입니다. 유전자 복제 기술로 인한 생명 윤리를 경시하는 풍조는 과학 발달의 부정적인 사례에 해당합니다.

3 과거와 현재를 비교해 볼 때, 크게 발달한 생활용품을 생각해 봅니다.

3주 79쪽

1① 2①, ④ 3예 최초는 어떤 일을 처음으로 한 것이고, 처음 만들어진 것을 뜻한다. 이전에는 없던 것이 생겨난 것이므로 그 분야에 새로운 기준이 되고, 기념할 만한 가치 있는 일로 여겨진다.

2 인류 역사상 달에 첫발을 내디딘 사람은 닐 암스트롱이고, 비행기를 만들어 처음으로 하늘을 난 사람은 라이트 형제입니다.

3 최초는 어떤 일의 시작이자 새로운 세계를 여는 출발점이 됩니다.

3주 81쪽

1② 2⑤ 3예 나는 하루 동안쯤은 컴퓨터를 사용하지 않아도 되지만, 우리나라 전체의 컴퓨터가 멈춘다면 아주 위험한 일이 발생할 수 있다. 예를 들어 전기 회사 컴퓨터가 멈추면 전기 공급이 끊기게 되고, 그러면 텔레비전도 볼 수 없고, 밤에도 캄캄한 어둠 속에 있어야 한다. 병원에서도 전기가 끊기면 응급 환자들이 치료를 받지 못할 수 있다.

1 주판은 기원전 2400년경부터 사용한 계산 도구입니다.

3 컴퓨터는 학교나 관공서, 은행 등에서도 사용합니다. 컴퓨터를 사용할 수 없게 된다면 불편한 점이 아주 많이 생길 것입니다.

3주 83쪽

1② 2(1) 못, 쇠자 (2) 털모자, 휴지 3예 나는 무슨 일이든 잘하려고 애를 많이 쓴다. 요즘에는 축구를 열심히 연습하고 있다. 아직은 잘하지 못하지만, 꾸준히 연습한 결과 처음보다 많이 좋아졌다.

2 전기가 통하는 물질을 도체라고 하고, 전기가 통하지 않는 물질을 부도체라고 합니다. 금속은 도체에 속합니다.

3 자기소개를 할 때 자신의 장점을 소개하는 것이 매우 중요합니다. 자신의 장점을 알면 꿈을 키우는 데에도 도움이 됩니다.

3 인터넷 댓글에 대한 긍정적인 면과 부정적인 면을 주변에서도 여러 번 들어 보았을 것입니다. 가장 빈번하게 일어나는 사례를 찾아 각각 써 봅니다.

3주 85쪽

1 ③   **2 예** (1) 컴퓨터 게임 중독 등으로 건강을 해칠 수 있다. 산업 분야에서는 컴퓨터 바이러스나 크래킹 등으로 큰 피해를 입을 수 있다. (2) 로봇에 의존하는 일이 많아져서 일자리가 줄어들게 되고, 사람들이 게을러질 수 있다. (3) 먼 곳에 떨어져 있는 사람과 얼굴을 보며 이야기를 나눌 수 있어 의사소통이 잘 이루어질 수 있다.   **3 예** 몸속에 넣을 수 있는 작은 컴퓨터를 만든다. 이 컴퓨터는 몸속을 돌아다니며 건강을 체크해 주고, 아픈 곳을 알려 준다. 컴퓨터 주치의가 생기게 되는 것이다.

1 제3세대 컴퓨터는 집적 회로를 이용해 만들었습니다.

3 컴퓨터가 아주 작게 만들어진다면 얼마나 작을지, 또 작기 때문에 어떻게 쓰일지 생각해서 써 봅니다.

3주 89쪽

1 ⑤   **2** ②, ③, ④   **3 예** 남녀노소가 컴퓨터를 이용하려면 컴퓨터 교육을 쉽게 받을 수 있어야 한다. 따라서 학교에서 컴퓨터 교육을 실시해야 하고, 할아버지와 할머니를 위한 컴퓨터 교육을 구청이나 도청 등에서도 무료로 제공해야 한다.

2 현대는 정보화 사회여서 인터넷을 통해 필요한 정보를 손쉽게 수집할 수 있습니다. 그러나 그로 인해 개인 정보가 노출되고, 거짓된 사실이 유포되는 등 많은 문제점이 발생했습니다.

3 컴퓨터 교육을 강화하고 컴퓨터 자격증 제도 등을 마련할 수 있습니다.

3주 91쪽

1 ⑤   **2** 백신 프로그램   **3** ③   **4 예** 먼저 청소년 유해 사이트를 막는 프로그램을 설치하고 컴퓨터 바이러스에 대비해 백신 프로그램을 설치해 둔다. 그리고 컴퓨터 중독증을 예방하기 위해서는 컴퓨터 사용 계획을 미리 세워 사용하는 것이 바람직하다. 컴퓨터를 켜서 인터넷 검색이나 게임을 하다 보면 시간 가는 줄도 모르는 경우가 많기 때문이다.

3주 87쪽

1 ⑤   **2** ④   **3 예** (1) 여러 사람의 의견을 모으는 데 있어 사람들이 인터넷을 통해 어디서든 쉽게 의견을 공유할 수 있다. (2) 수백, 수천 명의 사람이 한 사람에 대해 무차별로 악성 댓글을 단다면 당하는 사람은 큰 상처를 입게 될 것이다.

3 바이러스는 아주 작은 병원체로, 생물의 세포에서 증식하며 병을 일으킵니다.

4 컴퓨터를 너무 오래하거나 유해 사이트를 이용하는 것은 건강에 해롭습니다.

1 ⑤ **2** ④ **3** 예 크래커 아저씨들! 뛰어난 컴퓨터 실력이 아까워요. 그 뛰어난 실력으로 다른 사람들에게 피해를 주는 일을 하기보다는 컴퓨터 산업 분야에서 일하거나 나라에 이바지할 수 있는 일을 한다면 정말 보람 있는 삶을 살 수 있을 거예요.

2 컴퓨터에 잠금장치를 만들어 아무나 접근하지 못하게 하면 컴퓨터를 크래커로부터 보호할 수 있습니다.

3 만약 크래커가 나쁜 목적을 가지고 크래킹을 한다면 어떤 일이 일어날지 생각해 봅니다. 그리고 그 일을 바탕으로 상대방을 설득하거나 충고하는 글을 써 봅니다.

1 ⑤ **2** ⑤ **3** 예 (1) 서점에 가지 않고도 인터넷으로 책을 구입할 수 있어서 좋다. 또 집에도 책꽂이가 굳이 필요하지 않아 공간을 잘 활용할 수 있다. 교과서가 전자책이면 책가방을 들고 다니지 않아서 좋을 것이다. (2) 컴퓨터가 망가지거나 바이러스를 입으면 그동안 애써 수집한 자료를 한꺼번에 잃을 수 있다.

1 전화가 보급되는 데 약 100년의 시간이 걸렸지만, 컴퓨터가 보급되는 데는 50년 정도밖에 걸리지 않았습니다.

3 컴퓨터 기술과 인터넷의 발달로 인해 새롭게 등장한 전자책의 활용은 경제적으로 많은 이점이 있습니다. 그러나 시력이 나빠진다거나 감성이 메마를 수 있다는 우려도 많은 편입니다.

1 ⑤ **2** ①, ③ **3** 예 인터넷으로 우리 겨레의 숨결이 살아 있는 백두산을 찾아보았다. 백두산은 300여 년 전에 폭발을 했다고 한다. 사진 자료를 살펴보면서 백두산은 경치가 무척 아름다울 뿐만 아니라 희귀한 야생 동물과 야생 식물들이 자라는 곳임을 알았다. 전체 면적 중 3분의 1은 중국의 영토이고, 3분의 2는 북한의 영토에 속한다. 지금은 남북이 분단되어 북한을 통해 오를 수는 없지만 통일이 되면 꼭 북한 땅을 지나 백두산에 올라가 보고 싶다.

2 에어컨을 자주 끄고 켜면 전기 낭비가 큽니다. 세탁기를 돌릴 때에는 세탁물이 세탁기 용량의 70~80퍼센트 정도가 되도록 모아 돌리는 것이 전기를 절약하는 바람직한 방법입니다.

3 인터넷으로 여행한 곳에 대해 간략하게 소개하는 글을 쓰고, 그것을 본 생각이나 느낌도 써 봅니다.

3주 99쪽

1 ③   2 예 채팅을 시작할 때와 나올 때 인사를 한다. / 댓글에 욕을 사용하지 않는다. / 다른 사람의 글을 인용할 때는 꼭 출처를 밝힌다.   3 예 저작권은 글이나 그림, 사진, 노래, 영화 등을 만든 사람들이 가진 소유권이라고 할 수 있는데, 그것을 허락 없이 사용하는 것은 도둑질과 다름없다고 생각한다. 저작권을 지키지 않아 저작권자가 경제적으로 큰 피해를 입는 경우도 많다. 따라서 저작권에 대해 바르게 인식하고 서로의 저작권을 지켜 주는 밝은 사회가 되어야 한다.

3 저작권은 문학, 예술, 학술에 속하는 창작물에 대하여 저작자가 독점적으로 가진 권리입니다. 저작권의 피해 사례를 찾아보고 앞으로 어떤 방향으로 나아가야 할지 써 봅니다.

3주 100~101쪽   되돌아봐요

1 (1) ①, ②, ⑦ (2) ④, ⑥ (3) ③, ⑨ (4) ⑤, ⑧
2 ②, ⑤   3 ⑤   4 (1) ㉠ (2) ㉢ (3) ㉡   5 예 우리 집에서는 아빠도 엄마 못지않게 잔소리가 심하다.

1 각 세대별 컴퓨터의 특징을 다시 한번 잘 살펴보고 해당하는 내용을 찾아 번호를 써 봅니다.

3 요즘에는 빠르고 편리한 교통수단과 통신 수단이 많이 생겼습니다. 그중 인터넷은 가장 빠르고 편리한 통신 수단이라고 할 수 있습니다.

5 '못지아니하다'는 '일정한 수준이나 정도에 뒤지지 않다'는 뜻으로 쓰이는 낱말입니다.

3주 103쪽   궁금해요

농업 혁명, 산업 혁명, 디지털 혁명

● 혁명이란 이전의 관습이나 제도, 방식 따위를 단번에 깨뜨리고 질적으로 새로운 것을 급격하게 세우는 일을 뜻합니다.

3주 105쪽   내가 할래요

예 집을 나서자 영민이가 집 앞에서 기다리고 있었다. 영민이는 미니 컴퓨터로 띄워 올린 홀로그램 모니터를 보며 열심히 게임을 하고 있었다. 윤호도 한번 해 보고 싶어 했지만 학교를 가야 해서 살짝 구경만 했다. 그날 윤호는 학교에서 새 게임 때문에 수업 시간에 선생님의 말씀이 머리에 들어오지 않았다. 오후 음악 시간에는 벽면에 대형 홀로그램을 켜 놓고 캐나다 친구들과 오케스트라 합주 연습을 했는데, 딴생각을 하느라 자꾸 틀렸다. 집에 돌아오는 길에 윤호는 드디어 영민이의 미니 컴퓨터에 설치된 게임을 할 수 있었다. "정말 재미있는걸. 나도 사 달라고 해야겠어." 그날 저녁 윤호는 프랑스로 출장 간 아빠에게 전화했다. 아빠가 전화를 받자 방에 아빠의 홀로그램이 떴다. "아빠, 나도 새 게임 사 주세요." 윤호의 부탁에 아빠는 난처한 표정을 지었지만, 이틀 뒤가 윤호 생일이니 사 주겠다고 약속했다. 윤호는 기쁜 마음에 아빠의 홀로그램에 달려가 뽀뽀를 하고 전화를 끊었다.

● 컴퓨터 사용이 더 많아질 미래 사회에서는 어린이들이 어떻게 살지 상상하여 써 봅니다.

연설문은 어떻게 쓸까요?

생각 톡톡

연설문

---

1 ③   **2** ⑤   **3** 예 자신이 전교 어린이 회장을 해야 하는 까닭과 전교 어린이 회장이 된 뒤에 할 일을 써야 한다.

1 연설을 해야 하는 경우는 선거에서 자신을 뽑아 달라고 할 때, 자신의 의견을 펼쳐서 다른 사람을 설득할 때, 취임식, 졸업식, 입학식에서 대표로 연설할 때 등입니다.

3 선거 연설문에는 공약과 실천 방법을 담아야 합니다.

---

1 ①   **2** ⑤   **3** 예 아침 자습 시간에 음악을 틀어서 편안하게 명상하는 시간을 만들겠다. 또 왕따 없는 학교를 위해 앞장서서 친구들을 도와주겠다.

1 선거 연설을 할 때에는 시작하는 말, 자기소개, 출마한 까닭, 공약, 뽑아 달라는 부탁의 말 순서로 하는 것이 좋습니다.

---

3 평소 학교생활에서 필요하다고 느낀 점을 공약으로 써 봅니다.

---

1 ④, ⑤   **2** ④   **3** 예 모든 남녀 학생들이 사이 좋게 지내게 하겠다는 공약은 지키기 힘들어 보인다. 왜냐하면 남녀 모두 사이가 좋을 수도 없고, 학생 한 사람 한 사람의 마음까지 전교 어린이 회장이 마음대로 할 수는 없기 때문이다.

3 연설을 듣는 사람은 후보자의 주장과 근거가 적절한지 판단하며 들어야 합니다. 또한 후보자의 주장이 가치 있고 중요한지, 실천 가능한 주장인지 따져 보아야 합니다.

---

1 ⑤   **2** 예 공약은 있지만, 출마한 까닭이 없다. 또 공약으로 내세운 주장에 대한 근거가 없는 부분이 있다.   **3** 예 ⑴ 아이들이 축구할 곳이 마땅하지 않은 형편에 학교에서도 못 하게 하면 아이들이 뛰놀 곳이 없다. 아이들은 축구를 하면서 더 건강하게 자랄 수 있다. ⑵ 특별 활동반에서 특기를 키우고, 다양한 취미 활동을 하기 위해서이다.

3 선거 연설을 할 때에는 공약으로 내세운 주장에 대해서 적절한 근거를 제시해야 듣는 사람을 설득시킬 수 있습니다.

4주 117쪽

1 (1) ⓒ (2) ⓒ (3) ⓒ　2 나를 전교 어린이 회장으로 뽑아 달라고 부탁하는 말　3 예 공약은 사회 구성원에게 공개적으로 하는 약속이기 때문에 반드시 지켜야 한다. 그러므로 실천 가능성이 없는 공약을 만들어서는 안 된다. 전교 어린이 회장의 역할과 권한 안에서 실천할 수 있는 공약인지 먼저 고민하고, 특정한 사람에게만 이익이 되는 일이 아닌지 고민해서 공약을 정해야 한다.

2 선거 연설문의 끝부분에는 자신을 지지해 달라고 부탁하는 글을 넣는 것이 좋습니다.

3 공약을 내세울 때는 공약의 실천 가능성을 가장 먼저 고민해야 합니다. 그리고 공약으로 피해를 입는 사람은 없을지 생각해 보아야 합니다.

4주 119쪽

1 ①　2 ①　3 예 안녕하십니까? 햇살 좋은 봄날, 새 학기를 시작하며 우리는 전교 어린이 회장을 뽑는 중요한 순간을 맞았습니다. 저는 오랫동안 전교 어린이 회장을 꿈꾸어 온 후보 ○○○입니다. 오랫동안 꿈꾸어 온 만큼 어떤 회장이 될지 누구보다 고민을 많이 했습니다.

3 연설문의 처음 부분은 관심을 끌 수 있는 날씨 이야기나 간단한 인사말로 시작을 하고, 자신을 소개합니다.

4주 121쪽

1 ②　2 ③　3 예 저는 세심하게 일하는 전교 어린이 회장이 되겠습니다. 저는 학교 구석구석과 친구들의 마음을 일일이 챙기면서 다니겠습니다. 그래서 학교 전체에 따뜻한 마음이 번지도록 노력할 것입니다. 기호 1번 전교 어린이 회장 후보 ○○○를 꼭 뽑아 주십시오.

1 연설문은 여러 사람에게 말하는 내용이므로 높임말을 써야 합니다.

3 자신을 꼭 지지해 달라는 내용과 희망적인 내용을 연결하여서 마무리하는 글을 써 봅니다.

4주 123쪽

1 ⑤　2 ⑤　3 예 연설을 할 때에는 연설을 듣는 사람들을 바라보며 또박또박 말해야 말하려는 내용을 제대로 전달할 수 있다. 또 자신 있는 태도로 연설하면 신뢰감을 줄 수 있기 때문에 듣는 사람들을 설득할 수 있게 된다. 목소리를 크게 한다거나 손짓을 해서 연설 내용을 강조하면 듣는 사람들이 집중할 수 있다.

2 민주주의 선거의 네 가지 원칙은 '보통 선거, 평등 선거, 직접 선거, 비밀 선거'입니다.

3 연설할 때의 주의 사항을 잘 지켜서 하면 듣는 사람들에게 어떤 영향을 미칠지 생각하여 써 봅니다.

1 ③   2 ①   3 **예** 바른 자세로 연설에 집중해야 한다. 그러면서 전교 어린이 회장 후보들이 주장하는 내용을 생각하며 듣고, 그 주장과 근거가 타당한지도 따져 보아야 한다.

3 선거 연설을 들을 때는 후보들의 주장과 근거의 적절성을 따져 보며 듣는 것이 중요합니다. 왜냐하면 어떤 회장을 뽑는지에 따라서 학교생활이 달라지기 때문입니다.

1 ②   2 ③   3 **예** 스펀지 같은 전교 어린이 회장이 되어 솔선수범하겠다는 자세는 좋다. 하지만 혼자서 일을 도맡아 한다는 생각은 타당하지 않다고 생각한다. 왜냐하면 전교 어린이 회장이라면 다른 학생들의 협력을 이끌어 내고, 더불어서 학교를 가꾸어 갈 수 있어야 하기 때문이다.

2 선거 연설에서 주장과 근거의 적절성을 평가하는 기준에 후보자 혼자서도 공약을 잘 해낼 수 있는지에 대한 것은 포함되지 않습니다.

3 규석이가 한 연설에서 주장과 근거가 적절하지 않은 점을 찾아 써 봅니다.

1 ⑤   2 ①, ③   3 **예** 아무리 좋은 연설이라도 연설하는 사람이 믿음을 주지 않으면 그 연설은 듣는 사람들의 마음을 움직일 수 없다. 책을 읽지도 않는 사람이 책에서 열정을 찾아 꿈을 이루자고 한다면 진심이 없는 빈말처럼 느껴질 것이다.

2 실제 학교에서 실천 가능한 공약이 무엇인지 생각해 봅니다.

3 연설의 주장을 평가할 때에는 연설자를 신뢰할 수 있는지도 살펴보아야 합니다.

1 ①   2 ④, ⑤   3 **예** (1) 안녕하십니까? 햇살 좋은 오늘, 새 학기를 시작하며 우리는 전교 어린이 회장을 뽑는 중요한 순간을 맞았습니다. 저는 오랫동안 전교 어린이 회장을 꿈꾸어 온 후보 ○○○입니다. 오랫동안 꿈꾸어 온 만큼 어떤 회장이 될지 고민도 많이 했습니다. (2) 먼저 저는 아침 자습 시간에 음악을 틀어서 편안한 명상 시간을 만들겠습니다. 명상을 통해 마음을 가다듬으면 공부에 많은 도움이 될 것입니다. 두 번째는 왕따 없는 학교를 위해 앞장서서 친구들을 도와주겠습니다. 왕따는 친구 사이에 배려가 부족해서 생기는 현상이라고 생각합니다. 제가 한 친구를 배려한다면 한 명의 왕따를 줄일 수 있습니다. (3) 일일이 마음 쓰고, 행동하는 기호 1번 전교 어린이 회장 후보 ○○○를 꼭 뽑아 주십시오. 여러분과 함께 마음 따뜻한 학교를 만들어 보고 싶습니다.

3 인사말, 자기소개, 공약, 지지 부탁, 마무리하는 말을 짜임에 맞게 써 봅니다.

1⑤ **2**(1)ⓒ (2)ⓛ (3)ⓔ (4)ⓐ **3**예(1)쓰레기를 줄이자. (2) 물건을 아껴 쓰자. 분리배출을 잘하다. (3) 물건을 아껴 쓰자.: 물건을 아껴 쓰지 않고 함부로 버리면 모두 쓰레기가 된다. / 분리배출을 잘하자.: 쓰레기를 버릴 때 분리배출을 잘하면 쓰레기를 줄일 수 있다. (4) 처음: 환경 오염과 쓰레기 문제 / 가운데: 물건 아껴 쓰기, 분리배출하기 / 끝: 생활 속에서 쓰레기 줄이기를 실천하자. (5) 제목: 쓰레기를 줄이자. / 환경 오염이 심각합니다. 환경 오염을 막기 위해서는 쓰레기부터 줄여야 합니다. 쓰레기를 줄이는 첫 번째 방법은 물건을 아껴 쓰는 것입니다. 아껴 쓰지 않고 함부로 버리는 물건 때문에 쓰레기가 더 많아졌습니다. 물건을 아껴 쓰는 것 자체가 쓰레기를 줄이는 방법이 됩니다. 쓰레기를 버릴 때 분리배출을 하는 것도 쓰레기를 줄이는 좋은 방법입니다. 우유갑이나 신문 등은 모으면 새 자원이 되지만 버리면 쓰레기가 됩니다. 분리배출만으로 쓰레기를 자원으로 만들 수 있습니다. 이처럼 쓰레기는 생활 속에서 하나하나 실천하여 반으로 줄일 수 있습니다. 우리 모두 생활에서 쓰레기 줄이기를 꼭 실천합시다.

3 (1) 제목은 주제가 잘 드러나게 써야 합니다. (5) 연설문의 주장은 실천 가능하고 근거가 명확해야 합니다.

예 내가 출마했던 5학년 전교 어린이 회장 선거에서 다른 후보가 한 연설을 집중해서 들었다. 그 후보가 처음에 자기를 소개하면서 장기 자랑으로 아이들을 크게 웃겼는데, 무척 신선하다고 생각했다.

● 연설은 설명하는 글과 달리 말할 때의 상황이 영향을 미칩니다. 왜 집중을 하며 들었는지 생각해 봅니다.

예 (1) 생방송 진행자가 댓글을 보고 눈물을 흘림. (2) 인터넷 예절을 지키자. 인터넷 예절을 지키면 인터넷으로 인한 크고 작은 사고가 줄고, 악성 댓글로 상처받는 사람도 줄어들 것이다. (3) 동방예의지국의 전통으로 인터넷 예절을 지키자. (4) 얼마 전 라디오 생방송이 제대로 방송되지 못하는 사고가 있었습니다. 사고의 원인은 악성 댓글이었습니다. 인터넷 사용이 활발해질수록 인터넷 예절은 더욱 중요합니다. 많은 사람이 사용하는 공간이기 때문에 예절이 없다면 질서도 무너지게 됩니다. 예를 들어 예의 없이 욕을 하는 댓글을 달면 그 말에 상처받는 사람이 생기고, 또 인터넷에서 주고받은 말이 싸움으로 번집니다. 인터넷상에서도 예절을 지켜 더 건강한 세상을 만들어야 합니다. 우리나라는 예부터 동방예의지국이라고 불렸습니다. 오늘날 인터넷 예절을 잘 지키는 것도 그 좋은 전통을 지키는 일입니다.

● 근거가 주장을 잘 뒷받침하고 있는지, 주제에 어울리지 않는 근거는 없는지 써 봅니다.